Eine Geschichte über das Licht
und die Kraft im Inneren.
Eine Erzählung über Mut und Liebe.
Ein Abenteuer, das durch dunkle Zeiten
und zu hellen Erkenntnissen führt.

*»Die Dunkelheit ist mächtig, sie ist groß.
Sie kann jede kleine Ecke ausfüllen. Und dennoch
ist sie nichts weiter als die Abwesenheit von Licht!«*

KAPITEL 1
SCHWARZ

Leandra

Siebenundzwanzig, Achtundzwanzig, Neunundzwanzig, Dreißig. Leandra riss ihre zuvor fest geschlossenen Augen wieder auf. Es hatte nicht funktioniert. Oft hatte ihr diese Taktik schon geholfen, um ihre Angst zu überwinden und den Schrecken zu verjagen. Aber nicht dieses Mal. Es war noch immer da. Das kleine, warme Etwas in ihrem Arm. Es war zum Verzweifeln. Sie konnte dieses kleine Baby nicht einfach weglegen. Obwohl sie es gerne getan hätte. Eine leise Stimme in ihr hielt sie davon ab. Dabei war Leandra noch nie sentimental oder ein guter Mensch gewesen. Wenn es so etwas wie gute Menschen überhaupt gab. Die Welt war grausam. Sie war dunkel und Leandra war ein Teil davon. Auch ihr Herz war kalt, erstarrt und es war kein Platz für Mutterliebe darin. Das kleine Bündel in ihrem Arm war zweifellos schön. Sogar durch den Hass konnten diese kleinen, grünen Augen strahlen. Leandra war nie besonders gewesen. Der Mann, der dieses Kind gezeugt hatte, war ganz und gar gewöhnlich gewesen. Dreckig und hoffnungslos, wie alle anderen in ihrem Ort auch. Wie alle Gewöhnlichen. Sie hatten ein bisschen Spaß miteinander. Leandra genoss es, auch wenn es grob und hastig war. Sie war mit ihm nach hinten in das kleine Lager der Bar ihres Vaters verschwunden und nach zehn Minuten ging sie wieder ihrem Geschäft nach, als wäre nichts passiert. Sie servierte dem Mann, genau wie allen anderen Bergarbeitern, den ekelhaften, selbst gebrannten Schnaps, bevor er wieder verschwand und sie ihn nie wieder sah.

Jetzt hatte sie die Rechnung präsentiert bekommen, für diesen kurzen, bedeutungslosen Spaß. Das neugeborene Mädchen in ihren Armen starrte sie an und sie fühlte, dass es etwas Besonderes war. Nicht wie sie. Und deshalb hasste sie es nur noch mehr. Und dennoch, und das war es, was Leandra nicht verstand, konnte sie es nicht weglegen. Nicht aufhören, es anzustarren. Das Kind war blutverschmiert und dreckig. Aber es war einzigartig schön. Jetzt verzog es das Gesicht und begann zu schreien. Ein markerschütterndes Weinen und Leandra presste es grob an ihre Brust, um das Bündel zum Schweigen zu bringen. Sofort fing es an zu trinken und gab dabei ein nervendes schmatzendes Geräusch von sich.

In diesem Moment kam Leo, Leandras Vater, zur Tür herein. »Die Bar ist voll, ich brauche dich«, sagte er grob. »Gleich, Leo…« Leandra hatte ihren Vater immer beim Vornamen genannt. Er war auch nie ein besorgter Vater gewesen. Eine andere Anrede hatte er sich nicht verdient. Leo war erst 43 Jahre alt. Aber durch den Lichtmangel, die synthetische Nahrung und die schlechten Lebensbedingungen war er in ihrer Welt ein alter Mann. Zerbrechlich und von der Zeit gezeichnet. Verbittert und unnahbar. »Was soll ich mit dem Kind machen?« flüsterte Leandra, den Blick nach unten auf den verdreckten Boden des kleinen Hinterzimmers gerichtet. »Gib es mir«, antwortete ihr Vater harsch. Er nahm ihr das Kind aus dem Arm und sah es an. Und sein Gesicht entgleiste. Er sah, was sie gesehen hatte. Die klare, reine Schönheit des Neugeborenen. Nur dass ihn dieses Wunder erreichte.

Leandras Vater, der noch nie in seinem Leben eine liebevolle Geste gezeigt hatte, strich dem Baby sanft über die Wange und sah Leandra an. »Sie…« Er stockte. »Leandra, sie ist absolut atemberaubend.« Seine Mundwinkel zogen sich eigenartig nach oben. Er lächelte. Und ihr Hass auf das Kind steigerte sich ins Unermessliche. Sie rempelte ihren Vater grob an, als sie ohne ein Wort nach draußen in die Bar ging um dem täglichen Geschäft nachzugehen. Sie verfluchte diesen Tag in der Kammer, als sie mit dem fremden Mann ein Kind erschaffen hatte, das ihr Vater lieben konnte.

KAPITEL 2

DUNKLE TAGE

Lina

Lina mochte ihre Augen nicht öffnen. Sie wollte nicht aufwachen. Nicht mehr. Solange sie die Augen noch geschlossen hatte, könnte es auch einfach nur ein Traum sein. Ein böser Traum, aus dem man wieder aufwachen konnte. Und wenn sie das tat, würde ihr Opa da sein. Sie in den Arm nehmen, ihr einen Kuss auf die Haare geben und ihr zuflüstern, dass sie etwas ganz Besonderes sei. Sie hörte die lauten Rufe ihrer Mutter. »Lina, du faules Stück. Steh endlich auf. Komm in die Bar!« Und sie wusste, sie musste der Wahrheit ins Gesicht sehen. So wie jeden Tag in den letzten drei Wochen, seid ihr Opa nicht mehr da war. Er war ihr Freund gewesen. Ihr einziger Verbündeter. Nun war sie allein. Sie schlug die Augen auf, warf den kratzigen Leinenlumpen zurück, der ihr als Bettdecke diente, und setzte sich auf den Bettrand. Dämmriges Licht drang durch die schmutzigen, kleinen Fenster.

Lina ging zu der Schüssel mit dem Wasser, das sie gestern aus der Bar heraufgestellt hatte und wusch sich die Tränen und die Träume aus den Augen. Sie sah in den blinden Spiegel vor sich und sie sah ihr auffallend klares, reines Gesicht darin. Ihre Haut war zart und hell, fast wie Milch. Keine Pore war zu sehen. Leandras Großvater hatte sie häufig mit einer Puppe verglichen. Er hatte als Kind in seiner Zeit in der Hauptstadt einmal eine echte Puppe gesehen. Eine mit einem ebenmäßigen, glatten Porzellangesicht, echten Pferdehaaren und richtigem Gewand. Nicht einen dieser dreckigen Stofflumpen, den die besorgtesten Mütter ihres Dorfes für ihre Kinder zurechtbastelten. Wie eine richtige Porzellanpuppe sähe sie aus, hatte er gesagt, mit der schönen Haut und den großen, stechend grünen Augen. Lina schüttelte den Gedanken schnell ab. Sie konnte sich keine Rührseligkeiten erlauben.

Schnell duckte sie sich auf den Boden und strich mit den Handflächen darüber, bis sie vom Ruß und vom Schmutz schwarz waren. Sie rieb sich den Dreck ins Gesicht, band sich das alte, graue Tuch über ihre Haare und achtete darauf, dass keine der goldenen Strähnen herauslugte. Sie musste unsichtbar sein und bleiben. Ihre Mutter hasste ihr Aussehen. Außerdem war es wichtig, nicht attraktiv zu sein für die betrunkenen Bergleute in der Bar. Das wäre ihr Verderben, das hatte ihr ihr Opa immer wieder eingebläut. »Du darfst dich nicht zeigen. Du bist nicht von dieser Welt. Sie würden dich benützen und gebrauchen und sie würden dich zerstören. Du bist nicht wie sie. Du bist zu schön. Du bist besonders«, hatte er immer gesagt. Lina fand sich nie besonders, nie schön. Aber sie wusste, dass ihr Opa es gut mit ihr meinte und sie beschützen wollte. Er war der einzige Mensch auf dieser Welt, von dem sie das behaupten konnte.

Als sie fertig war, ging sie nach unten. Ihre Mutter stand hinter der hölzernen Bar, die schon einige Bretter verloren hatte und an der man als Gast stets Vorsicht walten lassen musste, um sich keinen Splitter einzufangen. Doch solange der Tresen nicht unter dem Gewicht irgendwann einmal zusammenbrach, würde er seinen Dienst tun, denn um Perfektion ging es hier wahrlich nicht. Selbst zu dieser frühen Stunde war die Bar gut gefüllt. Eine Menge Bergarbeiter waren von der Nachtschicht gekommen und versuchten, die düsteren Gedanken und die Hoffnungslosigkeit mit dem selbstgebrannten Schnaps zu vertreiben. Wie immer senkte Lina den Blick, als sie die Bar betrat. Ihre Mutter hatte sie schon gesehen. »Da bist du ja endlich, du Schmarotzerin. Wolltest wohl den ganzen Tag wieder faul herumliegen.« Sie packte Lina grob am Oberarm und schubste sie in Richtung des Lagers. »Hol dir Eimer und Drahtbürste und schrubb den Boden.«

Lina war zufrieden. Sie mochte diese Arbeit, es war ihr eigentlich die allerliebste Aufgabe in der Bar. Dabei konnte sie sich nah am Boden bewegen, den Blick gesenkt und konnte den Menschen, die es nicht gut mit ihr meinten, entfliehen. Aber das durfte ihre Mutter nicht wissen. Sonst hätte sie ihr eine andere Aufgabe gesucht, und zwar keine angenehmere. Also verließ Lina die Bar besonders gebückt, um unmutig zu erscheinen.

KAPITEL 3

FREMDES

Lina

Das Wasser plätscherte gemächlich in den alten, rostigen Blecheimer und Lina genoss den kurzen Moment der Ruhe. Wasser holen. Das war für sie eine der wenigen Freuden im Leben geworden. Sie sah zu, wie es langsam den Eimer füllte und sie konnte aufrecht danebenstehen. In diesen Momenten musste sie nicht auf die hässlichen, ausgelatschten Schuhe an ihren Füßen starren. Sie konnte ihre müden Glieder strecken und weil keiner sie sehen konnte, brauchte sie sich nicht zu verstecken. Der dünne Wasserstrahl brauchte fast fünf Minuten, um den Kübel zu füllen, und niemand hetzte sie hier, weil es nun einmal so lange dauerte … Aber bald war er voll und sie musste zurück, jede Minute, die sie länger weg war, würde ihrer Mutter auffallen. Sie hatte es sich zur

Aufgabe gemacht, Lina den ganzen Tag zu hetzen. Fand Freude daran, sie zu erniedrigen. Gut, dass sie nicht mitbekam, wie wenig es Lina kümmerte, wenn sie ihre Scherze auf ihre Kosten machte. Sonst hätte sie sich garantiert einen effektiveren Weg gesucht, ihr zu schaden.

Der Tag war wie immer. Laut, anstrengend und ohne Lichtblick. Sie würde ausharren. Ihre Aufgaben erfüllen und warten, bis auch der letzte Gast sich vollends betrunken hatte. Würde sauber machen, so gut es ging und ins Bett fallen. Dort würde sie träumen… Ihre einzige Zuflucht. Und am nächsten Morgen würde sich das Spiel wiederholen. Ein trauriges Dasein, aber eben das Einzige, das sie hatte. Vom hinteren Ende des schäbigen Holztresens schrie ihr ein Arbeiter seine Bestellung zu: »Schnaps!«, natürlich Schnaps. Wie war all das denn auch sonst zu ertragen? Lina schenkte gerade wieder drei Gläser von dem scharfen Alkohol ein, als sich die Tür mit einem lauten Knarren öffnete. Die Gäste hielten inne, unterbrachen ihre Gespräche und drehten sich um. Es war gerade mal drei Uhr und das war tatsächlich das Ungewöhnlichste, was hier im ganzen letzten Jahr passiert war. Niemand kam in die Taverne um drei Uhr. Die Männer kamen um sieben Uhr, morgens und abends. Immer dann, wenn sie sich nach einer zermürbenden Schicht im Kohleabbau noch nicht ins Bett legen konnten. Weil die Erschöpfung einfach zu groß war, um zu schlafen. Nun aber öffnete sich die Bartür und kein Schichtende weit und breit.

Die Gestalt, die die Taverne betrat, war nicht von hier, das konnte man nicht nur an der Zeit sehen, sondern auch an der Aufmachung. Der Fremde trug einen weiten, abgegriffenen Mantel mit einer riesigen Kapuze, die er weit ins Gesicht gezogen hatte. Die Kleider waren ganz bestimmt alt, schließlich gab es für die Gewöhnlichen keine neue Kleidung zu kaufen. Aber sie waren sauber. Lina hatte noch nie jemanden mit wirklich sauberer Kleidung gesehen. Allein das Wasser, mit dem sie wuschen, war nicht rein genug, um die Wäsche tatsächlich sauber zu bekommen und wenn man die Sachen dann zum Trocknen auf hing, dann konnte man davon ausgehen, dass sie, bis sie trocken waren, wieder dreckig waren. Zu mindestens der beißende Geruch ließ sich ein bisschen rauswaschen. Lina konnte den Blick von dem fremden Mann nicht mehr abwenden. Er bewegte sich auch anders als die gebückten Bergarbeiter. Er ging aufrecht, mit großen Schritten, schien fast zu schweben. Fasziniert von dem, was sie nicht kannte, starrte Lina in das Licht. Sie wurde wie die Motten von der Kerze angelockt. Und damit war sie bei Gott nicht allein. Die Wesen, die in Finsternis oder bestenfalls in Dämmerung hineingeboren worden waren, konnten nicht wegsehen. Ein Fremder war in das Dorf gekommen, in dunkle Kleider gehüllt, wie alle hier und dennoch ganz anders.

Die Arbeiter gafften mit ihren hellblauen Augen und den verschmierten, schmutzigen Gesichtern. Keiner konnte sich abwenden. Und der Fremde ließ es zu. Er war es allem Anschein nach gewohnt, angestarrt zu werden. Er lächelte. Das war auch etwas Ungewohntes. Man sah hier wohl Menschen lachen. Aber es war meist ein boshaftes, lautes Lachen. Es hatte nichts mit Wohlwollen oder Güte zu tun.

Doch der Fremde lächelte. Er hob seinen Kopf und sah sie direkt an. Auch das war ungewöhnlich. Ohne seinen Blick von ihr abzuwenden, schritt er auf sie zu. Lina konnte kaum noch atmen. Es war, als drückte ihr jemand mit aller Kraft gegen die Brust. Seine Augen, sie leuchteten. Erst glaubte Lina an eine Reflexion des fahlen Kerzenlichts in der Gaststube. Sie musste sich einfach getäuscht haben. Nachdem sie den Blick gesenkt hatte und kurz die Augen schloss, traf sie seinen Blick erneut. Er starrte sie immer noch an. Und Lina hatte sich nicht getäuscht. Es war real. Das Leuchten in seinem Blick schien sich noch intensiviert zu haben. Rund um die Pupille zog sich ein heller Lichtkranz, der beinahe die gesamte Iris zu bedecken schien. Er war wie aus einer anderen, fernen Welt. Lina schluckte hart.

Sie schaute zu Boden und sagte, was sie immer sagte. »Was soll's sein?« »Ein Wasser, bitte.« Sie sah ihn erneut ungläubig an. »Wasser«, wiederholte sie. Jetzt war wirklich alle Aufmerksamkeit in der Spelunke auf ihn gerichtet. Sie ging mit einem Glas nach hinten zum Kanister mit dem Trinkwasser, hievte ihn hoch und füllte es damit. Sie konnte den Ärger, den dieser Besuch mit sich bringen würde, in jedem einzelnen Knochen spüren. Lina reichte dem sonderbaren Menschen sein Wasser und vermied ihn an zu sehen. Plötzlich spürte sie seine Hand auf ihrer. Er griff danach und Lina zog sie reflexartig zurück. Trotzdem blieb ein warmes, prickelndes Gefühl auf ihrer Haut zurück und sie rieb sich die Stelle, als ob sie sich verbrannt hatte. Lina sah ihn an. »Ich bin Samuel«, sagte er mit leiser, aber kräftiger Stimme.

»Es gibt einen Ausweg … Können wir uns unterhalten?«
Sie wusste, dass sie nein sagen sollte. Der Druck auf ihrer Brust wurde stärker und sie sah ihn erneut an. Ganz leise antwortete sie, kaum mehr als ein Hauchen kam über ihre Lippen. Aber es war kein Nein.

KAPITEL 4

17 JAHRE

Lina

Samuel hatte nach ihrer Schicht auf sie gewartet. Hinten am Schuppen, wie sie es ihm mit einem leichten Nicken ihres Kopfes in diese Richtung gedeutet hatte. Wortlos lief sie an ihm vorbei, ohne ihren Kopf zu heben. Er folgte ihr und sie setzten sich auf den Boden. »Das Licht ist immer noch da.« Sechs einfache Worte richtete Samuel zu Beginn ihrer Unterhaltung an Lina. Und sie hätten nicht fantastischer und unwirklicher sein können. Es existierte kein Licht in der Welt. Nicht in der neuen Welt. Nicht seit jenem schrecklichen Tag vor mehr als 300 Jahren. Viele Generationen lebten nun schon in der Dunkelheit. Lina hatte 17 Jahre lang in dieser finsteren Hölle gelebt und nun brachte sie sich in noch größere Gefahr. Für das? Für einen Lügner, der durch irgendeine Laune der Natur ein komisches Leuchten in den Augen hatte. Lina verzog das

Gesicht zu einem angewiderten Grinsen und stieß ein »Ha« aus. »Machst du dir einen Spaß daraus, einfache, bedauernswerte Wesen wie mich aufs Korn zu nehmen«?« Lina sah auf ihre Hände. Sie waren rissig und zerschunden. Immer wieder platzten sie auf. Sie spürte, wie sich die Hoffnung, die sie gefühlt hatte, in kochende Wut verwandelte. Ihr wurde heiß und sie biss die Zähne so fest zusammen, dass sie nur noch ein Zischen hervorbrachte. »Was zur Hölle soll das? Ich dachte, du hättest vielleicht einen Weg aus diesem Loch. Und jetzt erzählst du mir ein Märchen. Ich kenne die Geschichten. Du glaubst, ich bin dumm, nur weil ich noch nie weiter als fünf Kilometer von hier entfernt war? Reicht es denn nicht, dass ich keinen Menschen auf der Welt habe? Reicht es denn nicht, dass ich hier Tag für Tag schufte und beschimpft werde? Musst du mir Hoffnung vorgaukeln, nur um zu sehen, wie du sie mir nimmst?« Ihre Augen füllten sich mit Wasser und sie hasste sich zutiefst für diese Schwäche. Trotzdem hob sie den Blick, um ihn anzusehen. Aber sie sah nicht, was sie erwartet hatte. Seine Gesichtszüge waren immer noch gütig und aufmerksam. Er blickte ihr in die Augen und sie hatte das Gefühl, er könnte in sie hineinsehen. So als könnte er all den Schmerz sehen, die Trauer, die Wut und die Resignation. Und er schien noch etwas anderes zu sehen. Etwas, von dessen Existenz sie nicht wusste.

Lina und Samuel saßen minutenlang da und blickten einander an. Und plötzlich war Linas Wut verflogen. Ihr Körper fühlte sich völlig fremd an, als hätte sich etwas verändert, tief in ihr. Dann begann Samuel erneut zu sprechen. »Ich verstehe dich«, sagte er. Allein das war mehr, als jemals irgendjemand anderes für sie getan hatte. »Ich weiß, dass das für dich klingt, als hätte ich es mir aus den alten Geschichten zusammengereimt. Aber diese Welt, in der du lebst, ist nicht die Einzige, die existiert.« Er sah Lina an und ließ ihr Zeit, das Gehörte zu verarbeiten. Als sie wieder zu ihm aufblickte, fuhr er fort. Linas Verstand zweifelte an seinen Worten, aber eigenartigerweise glaubte ihm ein Teil von ihr. Sie wusste nicht, was es war, aber irgendwie schien sich dieser Teil von ihr zu erinnern. An etwas, das sie nie erlebt hatte. An eine Art zu leben, die sie nie gekannt hatte. Was es auch war, es fühlte sich unglaublich gut an. Und Lina hatte sich noch nie gut gefühlt. Deshalb hörte sie zu. Sie genoß es, vom Licht zu hören. Von guten und aufrichtigen Menschen, die keine bösen Absichten gegeneinander hatten. Von grünen Wiesen und Essen, das nicht aus Aluminiumverpackungen kam und in das man fest hineinbeißen konnte. Von klarem, frischem Wasser und von Freiheit. Es fühlte sich an, wie ein geführter Traum. Und wem schadete es schon, wenn sie ein bisschen träumte? Solange sie hier im Schuppen keiner mit dem Fremden fand, konnte ihr nichts passieren. Sie hatte ihre Schicht beendet und ihrer Mutter gesagt, dass sie zu Bett ginge. Bei dem Interesse, das ihre Mutter abgesehen von ihrer Arbeitskraft an ihr hatte, konnte sie davon ausgehen, dass sie nicht nach ihr sah. Und so träumte Lina weiter, Stunde um Stunde.

KAPITEL 5

ERWACHEN

Lina

Ein lauter Knall ertönte und Lina riss die Augen auf. Sie musste eingeschlafen sein. Irgendwann nach den Erzählungen Samuels über das Prickeln von warmen Sonnenstrahlen auf der Haut. Ein Lächeln breitete sich in ihrem Gesicht aus. Sie konnte es fühlen. Wärme und Licht. Ein weiterer lauter Knall riss sie aus ihren Gedanken. Lina schreckte hoch und drehte sich panisch einmal im Kreis. Wo war Samuel? Was war passiert und wie spät war es? Sie musste zur Schicht erscheinen oder ihre Mutter würde furchtbar wütend auf sie sein. Und was das hieß, wusste Lina nur zu gut. Gott sei Dank befand sich auch in dem Schuppen neben dem Ausgang ein alter, verblichener Spiegel. Warum hier so viele Spiegel hingen, obwohl die Menschen alle so erbärmlich aussahen, war Lina von jeher ein Rätsel gewesen. Nun, es war egal, in diesem Fall war sie froh um ihn. So konnte sie sich noch ein bisschen Dreck ins Gesicht schmieren und überprüfen, ob ihre zarte Haut auch genug bedeckt war, um sie unscheinbar und grau aussehen zu lassen. Also rieb sie ihre Hände wie jeden Morgen im Schmutz und fuhr sich übers Gesicht. Seltsamerweise fühlte sie sich nicht wie sonst immer gerädert und antriebslos. Ihr ging es gar nicht einmal so schlecht, dachte sie, bevor sie den Blick in den Spiegel lenkte und ihre Welt sich aufhörte zu drehen. Lina riss die Augen auf und war wie gelähmt vor Schreck. Ihre Augen waren immer schon ein bisschen ungewöhnlich gewesen. Fast alle in der Stadt hatten hellblaue Augen. Linas waren grün mit goldenen Sprenkeln.

Das war einer der Gründe, weshalb ihr Großvater sie davor warnte, Menschen direkt an zu sehen. Darum kannte sie jeden Quadratzentimeter des Grundstücks so gut, weil sie immer nach unten sah. Das, was sie aber nun im Spiegel sah, hatte mit ein bisschen Anderssein nichts mehr zu tun. Ihre Augen leuchteten. Hell und klar. Die goldenen Sprenkel darin glitzerten geradezu. Genau wie bei Samuel war auch ihre Iris von einem Lichtkranz eingefasst. Sie konnte es nicht fassen. Ihr ganzer Körper begann zu zittern. Sie wusste, was das bedeutete. Sie musste weg. Sofort. Denn auch wenn sie noch nie vor Samuel einen Leuchtenden gesehen hatte, so hatte ihr Samuel doch erzählt, warum man sie nie sah. Die Hallix jagten sie. Und wenn sie sie erwischten, so sah sie niemand jemals wieder.

Während Lina weiter in den Spiegel starrte, begann es draußen laut zu werden. Erst dachte sie, dass die Nachtschicht zu Ende gegangen war und die Bergarbeiter zum Schnaps trinken eintrafen. Doch es war anders. Sie hörte Schreie und dumpfe Laute von zerborstenem Holz. Es musste eine Schlägerei in der Taverne wüten. Sie spähte durch einen Spalt auf die Straße und sah Dragoons vor der Taverne. Die Dragoons waren die Eliteeinheit der herrschenden Macht. Sie waren außerordentlich gut ausgebildet, stark und für ihre Grausamkeit bekannt. Sogar in dieser finsteren Zeit zeichneten sie sich damit noch aus. Sie bedrängten die Gäste und schrien ihnen ins Gesicht. Ein einziger Wortfetzen drang zu ihr durch die schlecht verkleidete Bretterwand und der ließ sie sofort erstarren. »Leuchten!« schrie ein Dragoon.

Sie suchten nach ihm… Linas Gedanken überschlugen sich. Sie musste weg, sofort. So schnell sie konnte, raffte sie einige der Packungen mit Lebensmitteln zusammen, eine Flasche Trinkwasser und einen alten Leinenbeutel. Sie stopfte alles in den Beutel, warf ihn sich über die Schulter. Lina rannte zur Rückseite des Schuppens und riss das einzige kleine Fenster auf, das der Verschlag besaß. Zuerst schleuderte sie den Beutel hinaus, dann zwängte sie sich selbst durch das Fenster. Das Holz des Rahmens war splittrig und es zerschund Linas Arme und die Seiten ihrer Oberschenkel. Aber das war egal. Sie musste hier weg. Mit einem dumpfen Geräusch landete Lina am Boden. Und sie blieb dort. Sie robbte zu dem Beutel und hängte ihn an ihr Ellbogengelenk. Dann robbte sie weiter. Es war noch nicht richtig Tag und durch den Nebel und die dreckige Luft war die Sichtweite generell eingeschränkt. Also robbte Lina weiter und weiter. Bis sie über den Hügel war und die Schreie und das Gepolter sich nur noch anhörten, wie Gemurmel in der Ferne.

KAPITEL 6

ALLEINE LEUCHTET DAS LICHT

Lina

»Ich bin das Licht der Welt.« Wie in Trance wiederholte Lina diese Worte. Sie kauerte in einem kleinen Erdloch, den dunklen, übergroßen Mantel über sich gezogen. Sie fror nicht, obwohl es keine zehn Grad hatte. In ihr brannte etwas. Mit geschlossenen Augen wiederholte sie jedes der Worte, die Samuel ihr letzte Nacht gesagt hatte, oder zumindest diejenigen, an die sie sich erinnern konnte. Lina hatte Angst, aber da war noch ein anderes Gefühl. Etwas Neues, das sie noch nie gefühlt hatte. Vielleicht war es Hoffnung. Samuel hatte ihr davon erzählt. Genau wie von einer verborgenen Stadt, zu der sie aufbrechen sollte. Dort sollte es Licht geben und echtes Leben. Sie musste diese Stadt finden. Es war ihre einzige Chance, zu überleben, jetzt da sie leuchtete. Sie würde sonst nirgendwo sicher sein, im Königreich von Kallan. Und dieses Königreich war das Einzige, das noch existierte. Samuel hatte erzählt, dass die verborgene Stadt nur durch einen geheimen Zugang erreichbar war. Und dieser Zugang befand sich in Minat, der Hauptstadt des Reichs. Lina fand das ziemlich grotesk. Sich dort zu verstecken, wo es vor dunklen Wächtern nur so wimmelte. Aber sie musste dort hin. Sie musste nach Norden.

Ihr Großvater hatte ihr das Königreich beschrieben. Als er jung war, hatte er als Bote gearbeitet, bevor er die Bar von seinem Onkel übernommen hatte. Er hatte sich ausgekannt, hatte den Süden bereist und auch den Norden. Gott sei Dank hatte Lina ihm immer aufmerksam und fasziniert zugehört, wenn er von seinen Reisen erzählt hatte. So wusste sie, dass sie nachts gehen sollte. Sich nahe an der Hauptstraße halten, aber niemals auf ihr gehen sollte. Also kauerte sich Lina noch etwas mehr in das Erdloch und wartete auf den Einbruch der Dunkelheit.

Als die Nacht da war und das trostlose, karge Land mit einem schier undurchdringbaren Mantel aus Finsternis überzog, kroch Lina aus dem Erdloch. Sie schnappte sich ihren zerschlissenen Beutel und wanderte abseits der Straße entlang. Noch immer fühlte sie dieses warme, weiche Prickeln unter ihrem Brustbein und solange sie das fühlte, wusste sie, dass sie leuchtete. Das Licht schien auch noch andere Eigenschaften zu fördern. Während sie sich Zeit ihres Lebens ausgelaugt und schlapp gefühlt hatte, kam es ihr nun vor, als könnte sie Bäume ausreißen. Sie war nicht erschöpft, obwohl sie nun schon fast zwanzig Stunden auf dem Weg war.

Während Lina gedankenverloren dahin marschierte, die Kapuze tief ins Gesicht gezogen, vernahm sie plötzlich Stimmen. Augenblicklich ließ Lina sich fallen. Sie lag nun der Länge nach hinter einem umgestürzten, halb verfaulten Baumstamm auf dem nassen, moosigen Untergrund. Die Erde roch ein bisschen modrig und die Feuchtigkeit sog sich in ihr Gewand. Den Kopf hielt Lina ein bisschen erhöht, damit sie hören konnte, was die Passanten sagten. Es waren zwei Bergbauleute aus ihrer Gegend. Das konnte Lina unschwer an ihrer Art zu sprechen erkennen. Sie hackten die Wörter abrupt ab, der Dialekt klang so hart und unwirtlich, wie die Bergleute aussahen. So hatte sie das nur bei den Menschen ihres Dorfes gehört. »Geschieht ihm Recht« sagte eine rauchige, tiefe Stimme. »Was bildet er sich ein, mit seinen leuchtenden Glubschaugen in unser Gebiet zu kommen und Unruhe zu stiften?« Eine zweite Stimme antwortete. Nicht ganz so tief, aber ebenso kratzig: »Ja, er hat es verdient, dass sie ihn schnappen. Möchte nur mal wissen, was er mit dem Mädchen gemacht hat. Soweit ich weiß, ist sie noch nicht wieder aufgetaucht…« Dann waren sie außer Hörweite.

Lina hatte kaum gewagt zu atmen und stieß nun einen tiefen, erleichterten Seufzer aus. Zweifelsfrei hatten sie von ihr und Samuel gesprochen. Er war also erwischt worden. Und das nur wegen ihr. Aber warum hatte er sich so offen gezeigt, wollte er am Ende nur mit ihr reden? Sie musste es schaffen, sie musste die verborgene Stadt finden. Und sei es nur um Samuels Willen. Seine Freunde würden ihm helfen können, falls er noch lebte. Wenn das irgendjemand zustande brachte, dann sie. Samuel hatte ihr von ihnen erzählt. Von ihrer außergewöhnlichen Stärke und unerreichbaren Schnelligkeit.

Langsam rappelte sich Lina wieder auf. Sie musste weiterkommen, ehe der Tag wieder anbrechen würde. Nicht, dass es im Reich der Hannix jemals richtig hell gewesen wäre, seit dem Ausbruch. Aber dennoch bot die nächtliche Dunkelheit einen weit besseren Schutz, als die diesigen Lichtverhältnisse bei Tag. Lina tapste auf die Straße, um zu sehen, ob die beiden Bergarbeiter weg waren. Sie hatte Glück, noch war sie unentdeckt geblieben. Schnell verließ sie wieder die Straße und kämpfte sich einige Meter davon entfernt durch das dichte, unwirtliche Unterholz. Die Äste zerkratzten Linas Unterarme und, wenn sie zu schnell und unvorsichtig war, auch ihr Gesicht. Aber sie störte sich kaum daran. Sie hatte größere Probleme. Langsam, aber sicher machte sich ihr Magen bemerkbar. Sie musste essen und die Konserven, die sie mitgenommen hatte, neigten sich langsam aber sicher dem Ende zu.

KAPITEL 7

DAS ENDE DER KRAFT

Lina

Beinahe zwei Wochen war Lina inzwischen gewandert. Vor zwei Tagen hatte sie die letzte Ration ihrer Vorräte gegessen. Ihr Körper rebellierte. Obwohl sie spürte, dass das Licht sie stärkte, sie wärmte und ihr seltsamerweise auch den Weg vorgab, hatte sie kaum noch Reserven. Seit gut einer Stunde kauerte sie abseits des Weges in einem Erdloch und sah auf die heruntergekommene Gastwirtschaft, die an der Kreuzung der Handelsstraße lag. In weiser Voraussicht hatte sie ein paar Münzen aus dem Versteck ihres Großvaters eingesteckt. Sie könnte sich ein paar Rationen Essen damit kaufen. Nur war das Risiko, den Dragoons hier in die Hände zu fallen, unverhältnismäßig groß. Ihre Vernunft kämpfte gegen die körperlichen Bedürfnisse. Und am Ende verlor die Vernunft, so wie sie es meistens tat, wenn menschliche Grundbedürfnisse auf den Plan traten. Lina hatte die letzten Dragoons vor einigen Minuten davongehen gesehen. Zumindest glaubte sie, dass es die Letzten waren. Sie musste jetzt essen oder sie würde wohl ohnmächtig werden. Und ohnmächtig zu werden und nicht zu wissen, was dann passierte, schien in diesem Fall das noch größere Risiko zu bergen.

Die Schwäche kämpfte sich durch ihre Glieder. Zentimeter um Zentimeter eroberte die bleierne Schwere ihren Körper und es fühlte sich an, als ob ihr Blut tonnenschwere Gewichte auf jede ihrer Extremitäten legen würde. Also kroch sie zur Straße. Sie spähte in alle Richtungen und schloss danach kurz die Augen, um zu hören, ob jemand kam. Das Gehör war in einer Welt mit wenig Licht zu einem essentiellen Orientierungsmittel geworden. Als sie nichts bemerken konnte, rappelte sie sich auf, zog ihre Kapuze tief ins Gesicht und entfernte das Gestrüpp von ihrem Mantel, so gut es eben ging. Zur Sicherheit griff sie noch einmal in den Dreck und verteilte ihn im Gesicht, obwohl sie nach zwei Wochen im Wald wahrscheinlich ohnehin ein schmutziges Gesicht hatte. Aber sie wollte auf keinen Fall ein unnötiges Risiko eingehen. Noch einmal schloss sie die Augen und konzentrierte sich. Es war überlebenswichtig, dass keiner das Leuchten ihrer Pupillen sah. Sie durfte den Blick unter keinen Umständen heben.

Hastig ging sie auf die Tür der Gaststätte zu, nahm noch einen tiefen Atemzug und stieß die Tür auf. Drinnen erwartete sie ein ekelhafter Geruch, der augenblicklich Erinnerungen wach rief. Eine Mischung aus Moder, menschlichen Ausdünstungen und billigem Alkohol, binnen Sekunden war sie wieder am Schauplatz ihrer Kindheit und ein ungutes Gefühl schlich sich in ihre Magengegend. Obwohl sie den Blick nicht hob, konnte sie anhand der Geräusche sofort erkennen, dass der Raum nicht so leer war, wie sie gehofft hatte. An den Tischen saßen sicher gut ein Dutzend Männer. Ob es Dragoons waren oder einfache Händler, ließ sich nicht eindeutig sagen. Lina schlich den Gang entlang, die Haltung gebeugt, den Kopf gesenkt und die Schultern nach vorne und unten gezogen. Sie bewegte sich schlürfend und hoffte, dass niemand sie bemerken würde. Am Tresen angekommen wartete sie einfach mit gesenktem Kopf, bis sie angesprochen wurde. »Was willst du?« Maulte eine krächzende Stimme über die Bar. »Fünf Rationen Essen.« Sie bemühte sich, ihre Stimme fest und bestimmt klingen zu lassen. »Kannst du bezahlen?« Die Stimme klang unfreundlich und alt. Sie schätzte den Besitzer auf gut fünfzig Jahre. Ein Greis. Dennoch schien er noch kräftig zu sein. Zumindest die Statur unterhalb der Schultern, die Lina sah, wirkte noch recht agil. Lina griff in die Tasche ihres Mantels und legte die Münzen auf den Tresen. Eine klobige, schmutzige Hand mit gelben Nägeln griff danach. Ein paar Minuten später legte er die bestellten Rationen an die gleiche Stelle. Lina schnappte sich die schmutzigen Vakuumbeutel mit der synthetischen Nahrung und drehte sich um, um die Spelunke so schnell wie möglich wieder verlassen zu können. In dem Moment, als sie den ersten Schritt machen wollte, stieß sie mit voller Wucht gegen etwas Hartes, Warmes. Überrascht hob sie den Blick und sah direkt in die Augen eines Dragoons…

KAPITEL 8

IN FREIEM FALL

Simon

Seit einem ganzen Tag folgte Simon nun schon dem Mädchen, das sie alle in unfassbare Gefahr brachte. Er hatte keine Ahnung, was sie antrieb, aber sie war das ungeschickteste Wesen, das er je gesehen hatte. Sie lief nur ein paar Meter vom Weg entfernt, unfähig, die Gefahr, die überall lauerte, zu erkennen, geschweige denn abzuschätzen. Sie schlief, aß, rannte weiter und war schon ein dutzend Mal nur um Haaresbreite davon entfernt, von den Dragoons geschnappt zu werden. Es war hoffnungslos. Und dann war sie noch dumm genug, in eine stark frequentierte Raststätte der Handlanger Kallans zu stolpern. Genauso gut hätte sie sich ihm direkt vor die Nase stellen und laut »Hier!« schreien können. Er war sich immer noch nicht sicher, ob sie wirklich so unbeholfen war oder ob das alles ein genialer Schachzug des Herrschers war, um die Erleuchteten und ihre Stadt endlich zu finden.

Simon lag nun auf der Lauer, in sicherer Entfernung von der Gaststätte, in die das Mädchen vor geraumer Zeit verschwunden war. Plötzlich hörte er Gelächter. Die Tür des Hauses wurde aufgetreten. Instinktiv duckte Simon sich noch ein bisschen tiefer in die Höhle. Er war ein Meister der Tarnung. Zu viel hing davon ab, unentdeckt zu bleiben. Er zählte acht Dragoons und einer von ihnen hatte das gefesselte Mädchen über die Schulter geworfen. Simon schloss die Augen und atmete tief aus. Das war so klar gewesen. Sie war erwischt worden. Die Dragoons in ihren schweren, schwarzen Mänteln, ihrer leuchtend weißen Haut und den kalten, hellblauen Augen waren ein Furcht erregender Anblick. Und das Aussehen täuschte nicht im Geringsten. Sie waren trainiert, die Belange ihres Herrschers durchzusetzen. Um jeden Preis. Gnade kannten sie ebenso wenig wie Mitgefühl oder Güte. Diese Worte waren in der Welt, in der sie lebten, beinahe in Vergessenheit geraten. Zu selten verhielt sich jemand so, dass diese Worte angebracht waren.

Die geheime Stadt war davon natürlich ausgeschlossen. Simon überlegte fieberhaft, was er tun sollte. Der Auftrag seiner Mutter war klar. »Finde sie und bring sie zu uns« hatte sie gesagt. Die Nachricht von Samuels Festnahme und einem spontan erleuchteten Mädchen hatte ihre Stadt erreicht und seine Mutter hatte sofort reagiert. Sie hatte ihn geschickt. Und Simon hatte noch nie versagt. Er hatte noch keinen seiner Aufträge vermasselt und heute würde er nicht damit anfangen.

Er folgte den Dragoons in sicherer Entfernung. Natürlich wusste er sich besser zu verstecken als das tölpelhafte Mädchen vor ihm. Als sie ihr Nachtlager aufschlugen, ließ er sie schlafen. Genau so lang, bis sie in die Tiefschlafphase abgetaucht waren. Nun war seine Chance gekommen.

KAPITEL 9

AM BODEN DER TATSACHEN

Lina

Langsam öffnete Lina ihre Augen, ihr Kopf dröhnte und ein stechender Schmerz zog sich von ihrem Hinterkopf bis zu den Schläfen. Drei, vier Mal musste sie die Augen öffnen, um sich halbwegs orientieren zu können. Langsam kam die Erinnerung an die vergangenen Wochen zurück. Ihr altes Leben, Samuel, die Erleuchtung, die Flucht und dann die Gaststätte und die kalten, leeren Augen des Dragoons. Dann ein dumpfer Schlag und Dunkelheit. Lina versuchte die schmerzende Stelle an ihrem Kopf zu befühlen, ohne Erfolg. Ihre Hände waren hinter dem Rücken gefesselt und schmerzten auch wie verrückt. Langsam drehte Lina den Kopf zur Seite. Neben ihr auf dem kalten, nassen Boden lag ein besorgniserregend großer Dragoon. Er atmete gleichmäßig und tief, stieß dabei eigenartig gurgelnde Geräusche aus. Fast als würde er in eine Flüssigkeit hineinatmen. Seine Augenlider zuckten und die Augäpfel unter den geschlossenen Lidern wanderten unruhig umher. Er träumte. »Seltsam« dachte Lina. Sie hatte nie darüber nachgedacht, ob Dragoons träumten. Aber warum auch nicht? Schließlich waren sie auch Menschen, irgendwie. Zumindest waren sie einmal welche gewesen. Ihre Vorfahren waren Menschen gewesen, ganz gewöhnliche Menschen. Nun waren sie Soldaten Kallans. Seelenlose Maschinen, Werkzeuge seiner Interessen. Noch nie hatte sie einen Dragoon zögern gesehen, wenn er einen Menschen hinrichtete. »Keine Gnade« schien ihr Leitspruch zu sein. Aber Gnade war generell ein Wort, das man kaum noch brauchte. Es gab nichts, was man damit beschreiben könnte. Sie war kalt, diese Welt, und dunkel. Die Zeiten waren schwer und in schweren Zeiten ist sich jeder selbst der Nächste.

So lag sie nun auf dem kalten, nassen Boden. Steine und Äste bohrten sich ihr schmerzhaft in den Rücken. Dennoch spürte sie immer noch die eigenartige Wärme in ihrer Brust und trotz ihrer prekären Lage hatte sie das Gefühl von Hoffnung. Fasst musste Lina ein bisschen lachen. So absurd und unwirklich war ihre Situation. Sie hatte Hoffnung in einer Situation, in der sie wohl nichts mehr erwartete als Folter und Leid. Lina drehte ihren Kopf in die andere Richtung. Auch hier lagen Dragoons. Sie mochte sie nicht zählen. Es waren sicher zehn oder mehr. Etwas weiter entfernt saßen zwei der Soldaten und unterhielten sich. Sie konnte ihre Kälte bis hierhin spüren.

Plötzlich hörte sie einen lauten Knall und Bewegung kam in die schlafende Gesellschaft. Die Dragoons sprangen auf und rissen unruhig ihre Köpfe hin und her. Sie sammelten sich und stürzten, ohne weiter auf Lina zu achten, in den Wald hinein.

Lina spürte, dass dies ihre letzte Chance war, den Dragoons zu entkommen und damit den Grausamkeiten, die ihr ohne Zweifel angetan werden würden. Mit aller Kraft versuchte sie sich zu drehen. Sie brauchte ein paar Anläufe, bis es ihr schließlich gelang, sich mit Schwung auf den Bauch zu drehen. Mit den Händen am Rücken lag sie nun mit dem Gesicht im Dreck. Sie presste es mit aller Kraft in die Erde, um die Knie unter den Bauch zu bekommen. Sie kämpfte sich hoch und rannte in die entgegengesetzte Richtung, in die die Dragoons verschwunden waren. Sie rannte und rannte, sprang über Wurzeln und rutschte Abhänge hinunter. Erst als es etwas heller wurde und sich der Tag ankündigte, traute sich Lina eine Pause einzulegen. Atemlos lehnte sie sich an einen Baum und versuchte das Geschehene zu verstehen. Hatte sie einfach nur Glück gehabt oder war ihr jemand zu Hilfe gekommen? Im Grunde war es egal. Sie war vorerst frei. Nun musste sie versuchen, ihre Hände zu befreien. Eine fast unlösbare Aufgabe.

KAPITEL 10

AUGEN AUF

Lina

»Licht, wo immer ihr geht, Licht, wo immer ihr steht. Es kann euch nicht genommen werden. Die dunklen Pfade werden leuchten, die Finsternis ist chancenlos. Denn auch bei allergrößten Mühen kann Dunkelheit nie stärker sein als Licht. Und du bist das reine Licht.«

Samuel war wieder da. Er hatte Lina gefunden. Sie konnte ihr Glück kaum fassen. Er sah sie an mit seinen warmen Augen und sie wusste, alles würde gut werden. Er lächelte aufmunternd: »Wach auf!« Ein Ruck ging durch Linas Körper. Sie zuckte zusammen, hatte kurz das Gefühl zu fallen und riss die Augen auf. Ihr Körper schmerzte. Jedes einzelne Teil davon. Durch ihre Gliedmaßen zog sich bleierne Schwere. Selbst das Lokalisieren der Schmerzen fiel ihr schwer. Linas Beine fühlten sich an, als hätte man ihr einen Zentner Steine daran gebunden, sie überhaupt zu bewegen war fast unmöglich. Irgendetwas bohrte sich ihr unbarmherzig in den Rücken. Lina versuchte zu begreifen, wo sie war. Wo war Samuel hin, wo war er hergekommen? Oder war es tatsächlich nur ein Traum?

Lina befand sich in einer kleinen Höhle unter einem toten, morschen Baum. Die Erinnerung an den vergangenen Tag holte sie ein. Ihre Verhaftung, die Starre, die Angst und ihre Flucht. Sie konnte es immer noch nicht glauben, dass das alles tatsächlich geschah. Nach diesem ereignislosen Leben, das jeden Tag gleich war. Nun war sie eine Geächtete auf der Flucht. Ihr Hals wurde eng und es war, als ob sich ein riesiger Stein auf ihre Brust gelegt hätte. Wie sollte sie diese Hetzjagd nur schaffen? Sie war ganz allein und konnte von niemandem Hilfe erwarten. Und dennoch, als sie die Augen schloss, war es hell und das beklemmende Gefühl verschwand. Dann sah sie wieder Samuel. Seine leuchtenden Augen, sein strahlendes Lächeln und sie hörte die warmen Worte aus seinem Mund: »Das Licht ist nicht weg, es ist nur verborgen.« Lina hatte noch nie Hoffnung gehabt. Eigentlich kannte sie das Wort nur aus den alten Sagen. Aber sie glaubte, dass es das war, was sie fühlte. Angestrengt dachte sie über den nächsten Schritt nach. Sie musste unbedingt vorsichtiger sein. Ihr Weg war gefährlich, noch gefährlicher als sie schon geahnt hatte. Sie musste nach Minat kommen. So schnell es irgendwie möglich war. Aber wie sollte es dann weitergehen? Sie konnte ja kaum irgendjemanden auf der Straße ansprechen und nach dem Weg fragen.

Plötzlich hörte sie Stimmen von außen zu ihr dringen. Aufgrund der Art, wie die Fremden redeten, wusste sie, dass sie aus dem Süden kamen. Sie redeten von Minat. Das war Linas Chance. Sie heftete sich ihnen an die Fersen. Von einem Baum zum nächsten, meistens auf den Knien. Aber es gelang ihr an ihnen dran zu bleiben. Glücklicherweise hatten die Dragoons ihre Taschen nicht geleert und so hatte sie die fünf Essensrationen. Sie aß nur, wenn der Hunger nicht mehr auszuhalten war, und so kam sie durch.

KAPITEL 11

NASSE FÜSSE

Lina

»Du hast das Licht in dir. Du bist das Licht.« Es kam Lina vor wie ein Mantra. Das Einzige, was sie denken konnte, während sie durch die dunklen Gassen von Minat schlich. Der Gedanke an das Licht wärmte sie. Er half ihr, weiter zu machen, weiter zu gehen, obwohl sie ihre Beine kaum noch spürte. Ihre Füße waren durchnässt, und zwar seit dem Moment, in dem sie diese ekelhafte Stadt betreten hatte. Sie waren nass, und das nicht nur von Wasser. Die Kanalisation schien, genau wie der Rest der Zivilisation, mit dem Ausbruch gestorben zu sein. Es stank abscheulich und überall gab es riesige Pfützen, denen man nicht ausweichen konnte. Man konnte über Linas Heimat denken, was man wollte, aber dort war es zu mindestens halbwegs trocken und wenn man sich außerhalb von Gebäuden befand, stank es nicht permanent, obwohl man die Luft auch in dem kleinen Bergwerksdorf keinesfalls als sauber bezeichnen konnte. Verglichen mit dieser feuchten, stinkenden Hölle schien es ungleich leichter zu sein, dort zu leben. Niemals hatte Lina geglaubt, dass sie sich eines Tages in dieses Loch zurücksehnen könnte. Doch zumindest ihr Bett und die Trockenheit fehlten ihr nun unbestreitbar. Lina bewegte sich katzenhaft, nahezu lautlos. So fühlte es sich zumindest an. Auch wenn die nassen Schuhe an allen möglichen Stellen rieben und die durchnässte Haut sich langsam ablöste. Ihre Füße waren an einigen Stellen schon ganz fleischig geworden. Aber wenn Lina etwas immer schon gut gekonnt hatte, dann war es unsichtbar zu sein. Der sandfarbene Umhang verdeckte ihre Statur. Lina wirkte wie ein schwebender Schatten inmitten der Dunkelheit. Sie musste ihr Licht verstecken, niemand durfte es sehen. Denn das Licht war der Feind der Finsternis und somit von allen Mächtigen im Königreich Karasat.

Lina zog ihren Umhang noch etwas tiefer ins Gesicht. Sie fühlte das Strahlen und die Wärme des Lichts. Seit es in ihr leuchtete, war ein normales Leben undenkbar geworden. Nicht, dass das Leben, das sie vorher geführt hatte, einfach oder gar schön gewesen wäre. Aber seit dem schicksalhaften Tag vor fast einem Monat lebte Lina in ständiger Angst. Sie floh von einem Ort zum nächsten. Und sie hoffte, dass sie in Minat endlich finden würde, was ihr versprochen wurde. Lina hatte die Legenden immer geliebt. Sie mochte die Geschichten von der Sonne, der

Wärme und den unbekümmerten Menschen. Natürlich gingen sie allesamt nicht gut aus. Dennoch gefiel ihr diese Vorstellung, dass da einmal jemand war, der unbeschwert leben konnte. Lina empfand keinen Hass, wenn sie die Erzählungen von den alten Menschen hörte. Damit war sie allein in ihrer Welt. Alle, mit denen sie sprach, hatten nichts als Verachtung übrig für diese unverantwortlichen Individuen. Schließlich waren sie es, die die Erde zu so einem unwirtlichen Platz gemacht hatten. Sie hatten gelebt wie die Götter und die Erde ausgebeutet. Sie hatten genommen und genommen, ohne jemals an die Folgen zu denken. Dennoch, Lina fand es schön, davon zu hören, dass es einmal leicht war. Sie fand es schön, sich an diesen vergangenen Tagen zu erfreuen. Schließlich würde ihr Ärger die natürlichen Ressourcen, die Sonne und das unbeschwerte Leben auch nicht zurückbringen. Und so freute Lina sich über die Geschichten. Sie hatte das seltsame Gefühl, dort zu sein. Sie fühlte die Sonne auf ihrer Haut, die sie nie gespürt hatte. Sie prickelte und war warm.

Nun stand sie hier in der Finsternis und dachte darüber nach. Vielleicht war sie tatsächlich immer schon anders gewesen. War es möglich, dass das Licht immer schon in ihr verborgen gewesen war? Vielleicht war sie doch nicht angesteckt worden. Möglicherweise hatte sie Samuel nur an etwas erinnert. Egal, sie musste den Ursprung finden. Sie musste jetzt einfach Menschen mit demselben Leuchten finden oder sie war verloren. Denn wer einmal leuchtete, tat es immer. Es gab keine Heilung, kein Zurück. Das Licht verschwand erst, wenn auch das Leben aus dem Körper wich. So hatte es ihr Samuel erklärt und er war definitiv der Einzige, mit dem sie je gesprochen hatte, der sich da auskannte. Und die Herrscher der Dunkelheit würden kein Licht dulden. Also ging Lina unbeirrt weiter. Sie fühlte sich beobachtet und ging schneller, fing an zu laufen. Plötzlich wurde sie grob zurückgerissen. Finger bohrten sich in ihre Schulter, hielten sie fest und zerrten sie in eine dunkle Seitengasse. Sie spürte, wie der Mut sie verließ. Jetzt war es also soweit. Sie hob den Kopf, um ihrem Mörder in die Augen zu blicken. Lina meinte, ihre Panik hätte sie verrückt gemacht, als sie in leuchtende, hellbraune Augen sah. Diese Augen hatten das Licht. Er konnte unmöglich einer von Kallans Henkern sein.

»Wer bist du?« herrschte der Angreifer sie an. Es war kaum mehr als ein Zischen, messerscharf und getrieben von Wut. Er sprach ganz anders als Samuel und der war der einzige Erleuchtete, den sie je getroffen hatte. »Ich bin Lina, Tochter der Leandra aus Naron«, flüsterte Lina. »Wieso versuchst du die geheime Stadt zu finden?« Lina war erleichtert. War sie ihrem Ziel etwa näher als gedacht? Sie suchte nach Worten. »Bist du ein Erleuchteter? Kennst du den Weg zur geheimen Stadt? Zur Quelle? Ich muss mit ihr sprechen ...«, sprudelte es schließlich aus ihr heraus. Der Fremde kniff die Augen zusammen und funkelte sie an. Alles an ihm drückte Misstrauen und Verachtung aus. Seine Hand lag immer noch auf ihrer Schulter, seine Finger bohrten sich immer noch in ihr Fleisch. Er machte keine Anstalten, seinen Griff zu lockern. »Woher weißt du von uns?« zischte er. »Ein Fremder hat mir davon erzählt, Samuel. Er hat mich angesteckt« erwiderte Lina. Kurz schien Verwunderung über das Gesicht des Fremden zu huschen. »Aber warum?« stammelte er, bevor er sich wieder fasste und zu seinem harschen Ton zurückkehrte. »Wer sagt, dass du nicht von Kallan geschickt wurdest? Nur erschaffen, um uns zu vernichten? Er versucht schon sehr lange, die geheime Stadt zu finden.« Der Mythos der Ansteckung mit Licht war in der Welt der Gewöhnlichen schon lange bekannt. Simon ging davon aus, dass Kallans Handlanger ihn gestreut hatten, um die Menschen dazu zu bringen, jeden Erleuchteten sofort zu melden. Simon konnte dem Mädchen nicht vertrauen, aber er musste seine Befehle befolgen.

KAPITEL 12

RETTUNG

Simon

Er musste sich beeilen. Er hatte gerade einen von Kallans Spähern entdeckt. Das Mädchen unter dem Leinensack, den er behelfsmäßig als Sichtschutz verwendet hatte, machte ihm seine Sache nicht gerade einfacher. Sie arbeitete gegen ihn, das spürte er. Dabei war sie es gewesen, die darum gebettelt hatte, mitkommen zu dürfen. Doch jetzt schienen ihr die Bedingungen nicht zu gefallen. Aber er würde einen Teufel tun und sie sanft behandeln. Abgesehen davon, dass ihm dazu auch die Zeit fehlte. Er würde niemals riskieren, dass die geheime Stadt gefunden wurde. Er würde seine Brüder und Schwestern beschützen. Komme, was wolle.

Simon drückte das Mädchen in eine Seitengasse und wartete die Patrouille der Weißen ab. Dann trat er hervor und stieß die Kleine vor sich in einen Schacht der Kanalisation. Sie hatten den finstersten Ort gewählt, um zum Licht zu kommen. Ein genialer Schachzug seiner Mutter. Es roch nach Moder und Schimmel, er konnte die feuchte Kälte auf seiner Haut spüren. Sie kroch ihm bis ins Mark. »Der Weg ins Licht führt durch die dunkelste Nacht.«

Er musste schmunzeln, als er an einen der Lieblingssprüche seiner Mutter dachte. Alles, was sie sagte, waren tiefe Weisheiten, die man aber auch praktisch sehen konnte. Sie wanderten durch das alte Kanalisationssystem, der Geruch von Fäulnis begleitete sie und die Ratten quietschten erschrocken, als sie die ungewohnten Gäste hörten. Er bemerkte, dass sich der Arm des Mädchens immer mehr verkrampfte. Man konnte ihre Angst förmlich riechen. Simon unterdrückte das Gefühl, ihr Mut machen zu wollen. Es lag nicht in seiner Natur, jemanden leiden zu lassen. So war er nicht erzogen worden.

Nach fünfzehn Minuten in der ekelerregenden Kanalisation erreichten sie den Schacht, der nach oben führte. Dann noch durch den handgegrabenen Tunnel und sie hatten ihr Ziel erreicht. Simon atmete tief durch und fühlte sich sofort zu Hause, als ihm der Geruch von würzigen Kräutern und frischer, aufgebrochener Erde in die Nase stieg. Er musste die Augen zusammenkneifen, um nicht geblendet zu werden. Die Augen gewöhnten sich schnell an die Dunkelheit. Und er war nun schon ganze vier Wochen auf der Suche nach dem Störenfried, der überall Staub aufwirbelte und unbedingt die verborgene Stadt finden wollte. Einer ihrer Späher hatte berichtet, dass ein Mädchen sich äußerst ungeschickt ihren Weg durch das Reich der Finsternis bahnte. Es musste verhindert werden, dass man ihr weiter folgte und sie Kallans Männer noch näher an die verborgene Stadt heranführte. Um das zu verhindern, hatte Serena ihren Kronprinzen geschickt. Nun war es an der Zeit, das Mädchen zu ihr zu bringen und zu erfahren, was sie über sie dachte.

KAPITEL 13

NEUE WELT

Lina

Lina hatte die Orientierung schon Sekunden, nachdem der Fremde ihr den groben Leinensack über den Kopf gezogen hatte, verloren. Sie wurde gezerrt und geschoben. An kalte, nasse Wände gedrängt und wieder weggerissen. Es war deutlich zu spüren, dass der geheimnisvolle Erleuchtete keinen Wert darauf legte, entdeckt zu werden. Er hätte aber in ihren Augen etwas weniger grob vorgehen können. Er zerrte an ihr und schubste sie. Es wurde immer kälter. Sie zog das Gesicht zusammen, als ihr der Geruch von Kot und Erbrochenem in die Nase stieg. In Linas Magen war ein riesiger Klotz und sie fühlte sich elend. Das Licht in ihrem Inneren schien schwächer zu werden. Die Kraft wich aus ihrem Körper und ihre Beine wurden weich. Sie musste all ihre Willenskraft aufbringen, um nicht auf den Boden zu sacken.

Es fühlte sich an, als würden sie schon Ewigkeiten durch die feuchte Kälte gehen, als sich die Bodenbeschaffenheit änderte und sie dann das Quietschen einer Tür oder eines Tors hörte. Und plötzlich war es gleißend hell. Sogar durch den Leinensack, der ihr über den Kopf geworfen worden war, wurde sie geblendet. Noch nie hatten ihre Augen derartige Helligkeit gesehen und sie war fast froh um den Sichtschutz. Plötzlich war es warm und wohlig und die ganze Angst wich aus ihr. Lina spürte, dass sie hier sicher war. Es roch herrlich. Sie hatte so etwas noch nie gerochen und doch hatte sie das Gefühl, ihre Nase wäre dazu bestimmt, diese Düfte wahrzunehmen. Es war mit nichts, was sie kannte, zu vergleichen. Daher konnte sie auch nicht sagen, nach was es roch. Sie schloss die Augen fest und konzentrierte sich auf ihre übrigen Sinne. Ihre Haut oder was davon frei war, prickelte angenehm warm. Langsam begann sie sich durch die Wärme zu entspannen. Ihr war noch nie zuvor nicht kalt gewesen. Geschweige denn hatte sie einmal wohlige Wärme gefühlt. Der Boden unter ihren Füßen war weich, er verschluckte die Geräusche ihrer Schritte und gab bei jedem Tritt ein bisschen nach. Trotz ihrer Lage, schließlich war sie immer noch eine Gefangene, begann Lina, zu erahnen, was es hieß, frei zu leben.

»Manchmal erinnern wir uns an Dinge, die wir nie gesehen haben, und erahnen die Unsterblichkeit unserer Seelen.«

KAPITEL 14

HEIMKEHR

Serena

Serena fühlte schon seit Tagen, dass ihr Sohn zurückkehren würde. Die Verbindung, die die beiden hatten, war nicht so einfach zu beschreiben. Sie fühlte, was er fühlte, und sein Licht strahlte in ihr, so wie auch ihres durch ihn strahlte. Wie gesagt, es war nicht einfach, es zu erklären. Serena wusste, dass er auf dem Weg zu ihr war. Deshalb war sie auch nicht sonderlich überrascht, als sie die Nachricht seiner Rückkehr vernahm. Aber sie freute sich unbändig. Sie mochte es nicht, wenn ihr Sohn in der Welt der Hannix unterwegs war. Zu groß waren die Gefahren dort, auch wenn Simon ihr bester Kämpfer war. Oder vielleicht gerade, weil er es war. Wie immer hatte er seine Mission erfüllt. Er hatte das Mädchen, das seine

Spur durch die dunklen Lande zog, mitgebracht. Und das hoffentlich ohne die Hannix hierher zu locken.

Serena saß an ihrem Lieblingsplatz in der verborgenen Stadt. In einer kleinen, verwachsenen Ecke des geheimen Gartens. Auf einem Stuhl aus längst vergangenen Zeiten. Er war voller Rostflecken und schon etwas wackelig. Aber das passte zu dem Tisch und überhaupt zu ihrer Stadt. Nicht perfekt, aber einzigartig und wunderschön. Sie sah das Licht von Simon schon strahlen, als er das Tor zur verborgenen Stadt durchtrat. Er leuchtete fast so hell wie sie selbst. Simon war ihr Nachfolger, ihr Erbe und in diesem Moment kam er auf sie zu. Als sie ihn endlich sah, musste sie auf ihn zulaufen und ihn umarmen. Sie drückte ihren Sohn an sich und fühlte, wie sich ihre Energie verband, wie sie es immer tat, wenn sie zusammen waren. Beinahe hätte sie das Mädchen übersehen, das er am Arm hielt und mit sich zog.

Sie sah ihn tadelnd an: »Simon, wie kannst du dem armen Kind nur einen Sack über den Kopf ziehen?« Er legte seinen Kopf zur Seite und schenkte ihr das schiefe Grinsen, das sie so sehr mochte: »Tut mir leid, Mama, es war nichts anderes da. Und eher hätte ich ihr meine Hose übers Gesicht gezogen, als dass ich zugelassen hätte, dass sie sich den Weg hierher merkt.« Serena konnte sich ein kleines Schmunzeln nicht verkneifen und meinte nur: »Die Gefahr ist gebannt, mein Sohn. Nimm ihr den Sack ab.« Sie hielt die Hand an Simons Wange und warf ihm einen wohlwollenden Blick zu, bevor sie sich dem Mädchen zuwandte.

Serena hatte schon viele Menschen gesehen. Erleuchtete und die, die in der Finsternis ihr Dasein fristeten. Aber noch nie, in ihren 49 Jahren auf dieser Erde, hatte sie solche Augen gesehen. Obwohl das Mädchen die Augen zusammenzwickte, weil sie das Licht nicht gewohnt war, konnte sie die Einzigartigkeit sofort erkennen. Sie waren lichtgrün und die goldenen Sprenkel darin leuchteten ihr entgegen. Zwar war das Leuchten des Mädchens noch nicht mit ihrem eigenen oder mit dem ihres Sohnes zu vergleichen, aber ihre Augen leuchteten heller als alle Anderen, in die sie je zuvor geschaut hatte. Nun war ihr plötzlich klar, warum Samuel, einer ihrer erfahrensten Späher und einer ihrer treusten Freunde, seine Deckung auffliegen lassen hatte, um Kontakt mit ihr aufzunehmen. Er hatte bitter dafür bezahlt. Aber er hatte gesehen, was sie jetzt sah, das stand fest. Auch Simon musste ihr Stocken bemerkt haben, denn er sah sie forschend an.

Serena sammelte sich wieder. Sie reichte dem Mädchen, das sie mit zusammengekniffenen Augen anstarrte, die Hand: »Hallo, es freut mich sehr, dich bei uns begrüßen zu dürfen. Ich bin Serena, die Mutter von Simon und der Stadt. Schön dass du da bist.« Misstrauisch beäugten sie die golden gesprenkelten Augen. Dann sagte sie: »Mein Name ist Lina, Tochter der Leandra aus Naron.« Immer wieder wendete das Mädchen den Blick ab. Man merkte, dass sie es nicht gewohnt war, direkt angesehen zu werden. Außerdem schien Simon sie nervös zu machen. Ihre Augen gingen unruhig zwischen Serena, ihrem Sohn und dem

Boden umher. Serena drehte sich zu Simon: »Magst du uns vielleicht ein bisschen allein lassen?« Der junge Krieger zwickte seine Augen zu kleinen Schlitzen zusammen. Er zog seine Schultern hoch, verzog sein Gesicht, drehte sich dann aber um und stampfte davon. Serena wandte sich wieder dem fremden Mädchen zu und lächelte sie an. Es würde nicht leicht sein, ihr alles zu erklären.

KAPITEL 15

UNBEKANNTE ERDE

Lina

Fasziniert sah Lina sich in der unbekannten Welt um. Es war grün und bunte Blumen blühten. Es war hell, so hell, dass es in den Augen schmerzte, obwohl das Licht etwas gedämpft war. Alles schien wie verzaubert zu sein. Die Frau, die sich als Serena vorgestellt hatte leuchtete hell und klar. Ihre Haut schien fast zu brennen. Sie war wunderschön. Ihre Haare hatten ein unfassbar schönes Rot. Ihre Augen waren dunkelblau und es war, als würde ihre Wärme auch Lina noch einhüllen, obwohl sie gut zwei Meter von ihr entfernt stand. Zum ersten Mal seit dem Verschwinden von Samuel, hatte Lina das Gefühl, dass sie jemand ansah und es gut mit ihr meinte. Die Frau strahlte sie an und Lina spürte, dass sich auch ihre Mundwinkel nach oben zogen.

Immer mehr, bis sich ihr Mund öffnete und ihre Zähne sich zeigten. Die Frau vor ihr begann zu lachen. Ein wunderschönes, tiefes, kehliges Lachen. So etwas hatte Lina auch noch nie gehört. Natürlich lachten auch die Bergarbeiter in ihrem Heimatort. Aber das war eher ein grobes, lautes und hinterhältiges Geräusch. Dieses hier hörte sich warm und weich und schön an. Augenblicklich fing Lina an noch mehr zu grinsen. Die Frau drehte sich zu ihr und legte ihr die Hand auf die Schulter. Dann sagte sie: »Tut mir leid, du hast so verloren ausgesehen. Ich wollte so gerne dein Lachen sehen. Geht es dir jetzt besser?« »Ja«, antwortete Lina »Aber ich verstehe nicht!?« Lina hob ihre Hände und zeigte auf die Umgebung. »Das alles hier, ich verstehe es nicht.« Serena sah sie liebevoll an. Dann antwortete sie: »Ich weiß, Lina. Aber du wirst es verstehen, glaub mir, du wirst es verstehen. Wir müssen nur am Anfang beginnen, dann erklärt dir die Geschichte alles. » Lina sah sie fragend an. »Komm, mein Kind, lass uns etwas essen. Das mit der Geschichte kann etwas warten. Außerdem lässt sie sich nicht so schnell erklären. Alles hat seine Zeit.«

Während die beiden über eine kleine Lichtung wanderten, hob Lina den Blick. Sie sah keinen Himmel, kein Grau. Alles, was sie sah, waren Moos bewachsene Decken, die aussahen, als hätte sie jemand vor langer Zeit in den Fels gehauen. Das Licht kam von Spiegeln. Alles wirkte wie ein komplexes System und es schien zu funktionieren. Das Gras war satt und grün. Die Bäume blühten sogar teilweise. Lina war ganz und gar fasziniert von der neuen Welt, die sich hier vor ihr offenbarte. »Wie wunderschön!« Es war kaum mehr als ein Flüstern, doch Serena blieb stehen und sah sie strahlend an. »Nicht wahr?«, erwiderte sie. »Unsere Vorfahren hatten es sich wundervoll vorgestellt, als sie es geplant hatten. Aber die Realität hat alles übertroffen. Das Ganze hat ein kleines Eigenleben entwickelt und mit jedem neuen Baum, jeder Pflanze und mit jedem erleuchteten Menschen wuchs unser Paradies und übertraf alles, was wir uns in Gedanken erhofft hatten.« Lina sah Serena ungläubig an: »Ihr habt all das selbst erschaffen?« »Natürlich«, antwortete Serena, drehte sich um und ging weiter. Mit offenem Mund starrte Lina ihr nach, bevor sie sich fasste und ihr folgte. Sie konnte es nicht glauben, dass Menschen zu solchen Wundern, zu so außergewöhnlichem Schaffen fähig waren. Aber wo kam das Licht her? Natürlich konnte sie sich vorstellen, dass es durch die Spiegel intensiviert wurde, aber sie kannte das Tageslicht. Es war trüb und matt. Auch nicht durch tausend Spiegel könnte es so ein Strahlen erreichen. Oder etwa doch?

Lina und Serena erreichten eine größere Höhle, auch diese war wieder hell erleuchtet. Sie tauchten ein in saftiges Grün, denn hier befand sich ein riesiger Garten, der viele Früchte in allen möglichen Farben trug. Es roch wunderbar, nach frisch aufgebrochener Erde und nach Gras, vermischt mit der Süße jener Früchte, die bereits ihre volle Reife erlangt hatten. In der Mitte der Höhle waren schlichte hölzerne Tische und einfache Bänke ohne Lehnen aufgestellt. Es herrschte reges, quirliges Leben hier. Überall auf den Feldern wurde gearbeitet und an den Tischen saßen einige Erleuchtete und machten ihre wohlverdienten

Pausen. Sie unterhielten sich und immer wieder war fröhliches, losgelöstes Lachen zu vernehmen. Paradiesisch war das Wort, das Lina nicht mehr aus dem Kopf gehen wollte. Irgendwo in den verzweigten Geschichten ihres Großvaters hatte sie es einmal gehört und es schien so passend zu sein. Vielleicht wollten die Erzähler genau dieses Szenario beschreiben. War es früher einmal so gewesen auf der Welt? Und waren die Menschen damals nur nicht fähig, es zu erkennen, es zu schätzen?

KAPITEL 16

LEUCHTE!

Serena

»Das Licht verschwindet nicht, auch wenn du es nicht sehen kannst. In deiner Tiefe kannst du es spüren. Es leuchtet weiter, es lebt, es prickelt und es strahlt. Manche Menschen konnten es auch in den dunkelsten Tagen spüren. Als der Supervulkan ausbrach und seine Asche die Atmosphäre bedeckte, als fast alles Leben von der Erde gelöscht wurde. Selbst in dieser Zeit gab es Menschen, die das Licht noch sehen konnten. Sie kämpften an, gegen die Ungerechtigkeiten in der neuen Welt und ihrem System. Sie kämpften für die unauslöschlichen Werte: für Gleichheit und Gerechtigkeit, Nächstenliebe, Wärme und Güte. Nach über einem Jahrhundert dieses Kampfes begannen die Träger des inneren Leuchtens sich zu verändern. Das Licht war nun auch in ihrem äußeren Erscheinungsbild sichtbar geworden. Zunächst schienen ihre Augen etwas heller zu sein, als die der Anderen und irgendwann leuchteten sie hell. Natürlich war diese Veränderung nicht von heute auf morgen passiert. Es dauerte Generationen und mit jeder Generation war das Leuchten besser zu sehen.« Serena hörte auf zu sprechen. Sie sah Lina aufmerksam an. Beobachtete jede ihrer Regungen als Zeichen, ob sie wirklich verstand. Sie hatte keine Ahnung, wie viel Lina wusste. Ob man sie lesen gelehrt hatte, schließlich beherrschte kaum noch jemand diese Fertigkeit. Sie war unwichtig geworden, in einer Welt, in der das nackte Überleben schwierig genug war. Doch tatsächlich, das Mädchen schien zu begreifen. Ihre Augen waren wach und aufmerksam und sie schien jedes Wort auf zu saugen, fast wie ein Verdurstender eine Flasche Wasser. »Das klingt unglaublich«, sagte Lina. »Dass Menschen zu so etwas fähig sind, klingt unglaublich.« »Ja, nicht wahr?«, antwortete Serena mit warmer, weicher Stimme. »Wir alle sind Wunder und keiner weiß es.«

Die beiden saßen an dem kleinen Bach, der sich durch das komplette unterirdische Höhlensystem zog. Das Wasser war frisch und klar und neben dem Licht das Wichtigste für ihre grüne Oase hier unten. Durch die Kombination von Wasser und Licht gediehten Pflanzen und Menschen. Lina hatte ihre nackten Füße gewaschen und sie nun im Gras vergraben. Sie benahm sich wie ein Blinder, der zum ersten Mal sehen konnte. Es war faszinierend, ihr zuzusehen, wie sie jede Winzigkeit entdeckte und ihr die größte Aufmerksamkeit zu Teil werden ließ. Das Mädchen aus dem Bergwerksdorf war nun seit zwei Tagen hier und es war, als würde sich ihr Licht mit jeder Sekunde intensivieren. Serena genoss es, sie zu beobachten. Lina war ein lebendig gewordenes Versprechen aus der Zukunft. Eine Weissagung, die endlich Hoffnung gab. »Natürlich fanden wir gute Bedingungen vor, wir fanden Potenzial, das wir ausbauten. Doch all das hat in unserer Vorstellung existiert, bevor wir es realisierten. So ist es immer.« Lina schien ein bisschen überfordert zu sein.

Serena musste wohl etwas mehr ins Detail gehen: »Die Höhlen und den kleinen Bach, an dem wir sitzen, gab es schon. Wir haben alles nur ausgebaut und die entscheidende Zutat hinzugefügt.« Serena sah Lina lächelnd an. »Das Licht?«, überlegte Lina laut. »Aber wo kommt es denn nur her? Es scheint so klar, als würde der ganze Staub und Dreck nicht existieren. Ich verstehe das mit den Spiegeln. Sie intensivieren das Licht. Aber mit dem bisschen schummrigen Licht von draußen lässt sich das doch unmöglich realisieren.« Serena sah Lina zufrieden an. »Du bist schlau.«, sagte sie. »Nein, mit dem kleinen, kümmerlichen Rest von Licht, den du vom Außen kennst, lässt sich das nicht schaffen. Das Licht entstammt nicht deiner bekannten Welt.« Wenn Lina bislang noch etwas verträumt gewirkt hatte, so war sie jetzt hellwach. »Was?« fragte sie ungläubig. »Aber Kallans Reich ist doch das Einzige, das nach der Katastrophe noch existiert.« Serena sah das tapfere leuchtende Mädchen einfühlsam an. Sie neigte ihren Kopf in ihre Richtung. Und lehnte sich zu ihr. Ganz nah. Und als die beiden nur noch ein paar Zentimeter trennten, flüsterte sie: »Soweit ihr wisst.« Und ein kleiner, prickelnder Schauer zog sich über Linas Körper, der ihr eine Gänsehaut aufsteigen ließ.

KAPITEL 17

LICHT AUF ABWEGEN

Lina

Der Verschlag, den Lina nun ihr Eigen nennen durfte, war winzig. Ein uralter Stuhl, ein Bett und ein kleines Tischchen, auf dem ein Jahrhunderte alter Kerzenhalter stand mit einer spitzen, weißen Kerze darauf. Es war einfach und schmucklos und doch das schönste Zuhause, das sich Lina jemals wünschen hätte können. Schon seit Stunden saß sie nun auf ihrem Bett und starrte in die Luft. Ihr Gehirn versuchte verzweifelt etwas Ordnung in das Chaos zu bringen. Zu verstehen, was unverständlicher nicht hätte sein können. Was Serena ihr sagte, klang wie aus den alten Märchen und Sagen, nur noch viel fantastischer. Ihr Leuchten kam aus ihrer Mitte. Aus dem Glauben an das Licht. Und die Welt, die sie erschaffen hatten, somit irgendwie auch.

Scheinbar gab es außerhalb des Königreichs Kallans noch eine existente Welt und sie schien besser als die Ihre. Wenn sie Serena glauben konnte, dann tat Kallan alles, um zu verhindern, dass sein Volk davon erfuhr. Und sie, die Erleuchteten, waren die Einzigen, die um die Existenz dieser Welt wussten. Das wusste auch Kallan und deshalb jagte er sie. Er verfolgte sie und wenn er einen von ihnen erwischte, dann tötete er ihn ohne Umschweife. Aber warum? Wenn die Welt da draußen bewohnbar war, wäre es dann nicht für alle besser, dort zu leben? Lina musste nachfragen. Doch Serena schien auch nicht wirklich alles zu wissen oder wollte es nicht offenbaren. Sie durchlöcherte Lina mit Fragen über ihre Begegnung mit Samuel und über das, was sie gesprochen hatten. Anscheinend war Lina die Allererste seit den ersten Leuchtenden, die sich vermehrt und ihr Licht vererbt hatten, die nicht mit dem Licht geboren war. Es schien durchaus ungewöhnlich zu sein. Und das für Menschen, die jeden einzigen Tag mit Wundern lebten.

Und noch etwas beschäftigte Lina. Serena hatte ihr offenbart, dass sie eine Ausbildung bekommen sollte, sie sollte lernen, zu kämpfen. Genau wie alle Erleuchteten lernten zu kämpfen. Das Licht brachte auch körperliche Eigenschaften mit sich. Stärke, Schnelligkeit und Ausdauer. Aber das reichte anscheinend nicht, um die kleine Welt des Lichts gegen die Mächte Kallans zu verteidigen. Serena sprach vom ultimativen Kampf. Ein weiteres Detail, das Lina nicht verstand. Schön langsam schien das nicht zu verstehen zu einem permanenten Begleiter zu werden. Warum sollten sie kämpfen? Sie wollte nicht kämpfen. Sie wollte sich verstecken und leben. Sie hatte erst mit siebzehn entdecken dürfen, was es hieß zu leben. Sie wollte nicht wieder zurück. Es war alles so unwirklich, jeden Moment erwartete Lina, dass ein Ruck durch ihren Körper gehen würde und sie aufwachen würde, in der alten, unwirtlichen Realität. Aber nichts passierte und nachdem Lina stundenlang auf ihrem Bett saß und grübelte, fielen ihr irgendwann die Augen zu und sie versank in einen tiefen, traumlosen Schlaf.

KAPITEL 18

SCHNELLER, BESSER, WEITER

Lina

Als das Licht durch das kleine Fenster des Verschlags kroch, war Lina schon wach. Sie hatte sich gewaschen und mit dem kleinen, silbrigen Kamm, der neben der Waschschüssel lag, ihre aufgebauschten Locken halbwegs gebändigt und mit einem Band nach hinten gebunden. Von Serena hatte Lina gestern Kleidung für das Training bekommen und sich die schlichte graue Hose und das Shirt bereits angezogen. Nun saß sie nervös auf dem kleinen Sessel und wartete, bis sie abgeholt würde.

Ein kräftiges Klopfen riss Lina aus ihren Tagträumen. Vor der Tür stand Sarah, eine kleine Erleuchtete, die sich in den letzten Tagen immer wieder in Linas Nähe geschlichen hatte und angetan schien von der mysteriösen Fremden.

Das Mädchen strahlte Lina voller Freude an. »Hallo!«, begrüßte Lina ihre kleine, leuchtende Freundin. »Bist du meine neue Trainerin?«, scherzte Lina und verbeugte sich vor dem Mädchen. Sarah prustete laut los. »Nein, du Schlaumeier. Ich bin selber noch Schülerin. Hab erst vor zwei Jahren mit dem Training angefangen. Du wirst Unterricht von der tollsten Lehrerin der Welt bekommen.« Sarah geriet ins Schwärmen. Ihre Augen leuchteten noch ein bisschen mehr, obwohl Lina noch vor ein paar Minuten schwören hätte können, dass das unmöglich wäre. Sarah plapperte munter drauf los.

»Sie ist echt großartig. Ich sag dir, du hast noch nie jemanden gesehen, der so schnell und so stark ist wie Sabeena.« »Ah, jetzt kenne ich ja schon mal den Namen unserer Trainerin«, bemühte sich Lina, zuversichtlich zu klingen. Die ausführliche Beschreibung dieser Superfrau hatte sie eingeschüchtert und zwar ganz gewaltig. »Komm, lass uns los gehen.« Lina legte den Arm um das Mädchen und die beiden durchwanderten zwei weitere Höhlen, bis sie zu einem schmucklosen unterirdischen Raum kamen. Es war eher eine Halle. In den unterschiedlichen Bereichen waren Gruppen von Erleuchteten dabei, zu trainieren. Eine Gruppe lag am Boden und stemmte sich in schwindelerregendem Tempo auf die Beine und wieder zurück in die Ausgangsposition. Eine weitere Gruppe hing an Seilen, die in der Decke montiert waren, und zog sich hoch. Dann gab es noch eine Kindergruppe, die eine Art Kampftanz aufführte. Und zu guter Letzt war da noch eine weitere

Gruppe. Sie trainierten auf einem kleinen Plateau der Halle. Sie lieferten sich atemberaubende Kämpfe. Sie waren dermaßen schnell und ausdauernd, dass es Lina bereits Probleme bereitete, ihnen mit den Augen zu folgen.

Von all diesen großartigen und unfassbar schnellen Kämpfern hoben sich zwei ganz besonders ab. Sie kämpften, als ob die Schwerkraft für sie nicht existieren würde. Sie sprangen in die Luft und attackierten ihren Gegner. Sie wirbelten herum. Jede ihrer Bewegungen war perfekt. Voller Kraft, voller Spannung und Eleganz. Einer der beiden Kämpfer war Simon, Serenas Sohn. Seine Gegenspielerin war eine große, schlanke Frau. Die langen, hellbraunen Haare hatte sie zu einem strengen, hohen Zopf zusammengebunden. Sie war die stärkste und zugleich eleganteste Erscheinung, die Lina je gesehen hatte. Und die beiden schienen ebenbürtig zu sein.

Lina war wie gebannt von dem Schauspiel. Sie konnte die Augen nicht abwenden, so fasziniert war sie. Plötzlich traf sich Linas Blick mit jenem von Simon. Er sah ihr einen kurzen Moment lang in die Augen und genau in diesem Moment traf ihn ein Schlag und er wurde hart zu Boden geschleudert. Die kleine Unachtsamkeit hatte gereicht, um seiner Gegnerin genug Spielraum zu geben, damit sie ihn umwerfen konnte. »Au«, tönte es neben Lina. Die kleine Sarah hatte Lina ganz vergessen. »Das hat wehgetan.« Sarah stieß Lina mit dem Ellbogen in den Oberschenkel. »Ach übrigens, das da ist deine Lehrerin.« Lina folgte mit dem Blick Sarahs ausgestrecktem Finger und sah direkt in die geheimnisvollen, dunkelblauen Augen der siegreichen Kämpferin. Lina schloss die Augen und atmete tief ein. Unbehagen breitete sich in ihrer Magengegend aus. Sarah hatte also nicht übertrieben. Ihre Lehrerin war eine Gottheit. Und ihr Blick auf Lina war der erste, seit sie hier war, der alles andere als Wohlwollen ausdrückte.

KAPITEL 19

DIE SONNE NEIGT SICH

Lina

Das Training war hart, sehr hart. Eigentlich war es unmenschlich. Lina bekam zusätzlich zu den Gruppentrainings noch Einzelunterricht. Sabeena schien darüber genauso wenig begeistert zu sein wie Lina selbst. Kein einziger, freundlicher Blick erreichte sie, kein lobendes Wort. Obwohl Lina sich wirklich abmühte und keineswegs verwöhnt war. Sie lernte schnell und gut. Passte sich an und kämpfte, wie sie es immer getan hatte. Abseits des Trainings fing Lina an sich einzuleben. Die anderen Erleuchteten waren außerordentlich freundlich zu Lina. Sie saß mit ihnen am Tisch, beim Abendessen und es wurde gescherzt und gelacht. Lina fühlte sich wohl. Sie fühlte sich gesehen und angenommen. Sarah war ein bisschen zu ihrem Schatten geworden. Die beiden verbrachten jede freie Minute zusammen und hatten unfassbar viel Spaß. Eines Abends, als die beiden gerade aufgestanden waren, um zu ihren Hütten zu schlendern, kam einer von Serenas Vertrauten auf die beiden zu. Er bat Lina an den Tisch der Vorsitzenden. Also verabschiedete sie sich von ihrer Freundin mit einer innigen Umarmung und folgte dem Mann. Serena saß gemeinsam mit Simon und ein paar weiteren Erleuchteten am Tisch und strahlte Lina an. Sie deutete mit einer ausladenden Armbewegung, sich zu setzen. »Wie ergeht es dir bei uns, mein Kind?«, fragte sie Lina. Und wie immer, wenn sie mit ihr sprach, hatte Lina das Gefühl, ganz gesehen zu werden. Sie fühlte sich, als wäre ihr Innerstes nach außen gekehrt, aber im positiven Sinn. Lina verlor sich kurz in Serenas Blick und antwortete mit warmer, weicher Stimme: »Es geht mir großartig.« Ein freudiges Lächeln huschte über Serenas Gesicht. »Man kann dein Licht jetzt sogar hören«, rief sie erfreut. Die anderen am Tisch freuten sich mit ihnen. Dann begann ein angeregtes Gespräch über das Licht und Linas Entwicklung und alle amüsierten sich prächtig.

Die Zeit verflog und nach einer Weile verabschiedeten sich Serena und die anderen, um sich hinzulegen. Zurück blieben Lina und Simon. Verlegen sahen sie einander über den breiten, rustikalen Holztisch hinweg an. Die Spannung, die zwischen den beiden entstand, war nahezu sichtbar. Simon sah Lina mit herausforderndem Blick an. Sie hatte das Gefühl, sich in seinen Augen zu verlieren. Seinen Blick zu deuten war für Lina unmöglich. Sie meinte noch Spuren der anfänglichen Arroganz erkennen zu können, aber es war noch etwas anderes darin. Lina konnte nicht sagen, wie lange sie so da saßen. Versunken in den Blick des jeweils anderen, unfähig sich zu bewegen. Simon war der Erste, der sich wieder fing. Er wendete den Blick abrupt ab. Auch er schien irgendwie verstört. »Und?«, warf er ihr entgegen, »wie gefällt es dir hier?« Lina legte den Kopf ein bisschen schief und sah ihn forschend an. In den paar Wochen, in denen sie nun schon in der unterirdischen Kolonie war, hatte sie es sich angewöhnt, die Gefühle der Menschen an ihren Gesichtern abzulesen. Es gab hier so viel mehr Spektren menschlicher Emotion zu erkunden, als in ihrer alten Umgebung. Sie bildete sich ein, es nun schon ganz gut zu beherrschen. Aber Simon war für sie komplett unberechenbar. Mal war er freundlich und zuvorkommend, mal war er barsch und unfreundlich. Was war nur sein Problem mit ihr? Schließlich antwortete sie mit einem schlichten »Gut, danke« und sah ihn wieder fordernd an. Er wich ihrem Blick aus und starrte plötzlich seine Finger an, als wären sie das Faszinierendste, das er je gesehen hatte. Lina schüttelte den Kopf. Sie hatte die Nase voll. »Also gut«, sagte sie und es klang hart und fremd. »Ich gehe jetzt heim.« Lina stand auf und wandte sich zum Gehen. »Warte bitte«, erklang es hinter ihr. Erstaunt drehte sie sich um und Simon stand direkt vor ihr. Es war ihr ein Rätsel, wie er dermaßen schnell um den Tisch herumgekommen sein konnte. Lina zog eine Augenbraue hoch und sah ihn ungläubig an. »Darf ich dich begleiten?«

KAPITEL 20

WIE DIE MOTTEN

Simon

Es war zum Verrücktwerden. Simon schüttelte fast unmerklich den Kopf und trottete weiter. Was war nur mit ihm los? Simon war verantwortungsbewusst. Schon immer. Er hatte vom ersten Tag an, an den er sich erinnern konnte, eine Verantwortung zu tragen und er tat es immer gerne und mit Stolz. Die Erleuchteten verließen sich auf ihn und der Krieg rückte immer näher. Er hatte keine Zeit für Ablenkungen. Es ging um Alles. Um ihre Existenz, um das nackte Überleben aller, die ihm je am Herzen lagen. Und dennoch, wenn er die Augen schloss, sah er nur ihr Gesicht. Er sah in ihre samtigen, grünen Augen mit den goldenen Sprenkeln. Er sah den Schimmer, sah das Licht. Alles lag in ihnen und er konnte ihnen nicht entfliehen. Nachts lag er wach und dachte daran, wie sie sich bewegte. Beim Training hatte er nichts mehr, als sie im Sinn und ihren zarten, starken Körper. Er war verloren. Hoffnungslos verloren. Nun hatte er sich ergeben und suchte endlich ihre Nähe. Es fühlte sich mehr nach zu Hause an, als die geheime Stadt. Mehr noch als seine Hütte oder seine Mutter. Mehr, als alles, was er jemals erlebt hatte.

Langsam schlenderte er neben diesem wunderschönen Geschöpf her, das nichts von seiner Schönheit oder seinem Begehren wusste. Er schaute sie von der Seite an, sie war perfekt. Ihr Leuchten schien mit jedem Tag heller und sie lernte im Training mit einer unglaublichen Geschwindigkeit. Lina drehte den Kopf zu ihm. »Was ist denn?«, fragte sie und schob sich eine ihrer wundervoll weich aussehenden Locken hinters Ohr. Gott, wie bezaubernd sie war. »Gar nichts«, antwortete Simon und grinste sie schief an. »Du bist schön«, schob er hinterher. Lina riss die Augen auf und sah ihn erschrocken an. Unwillkürlich spannte sich scheinbar jeder Muskel in ihrem Leib an. Sie wirkte wie ein verschrecktes Tier, das einen Jäger gewittert hatte. Schnell senkte sie den Blick und zog die Schultern nach vorne. Klein und gebückt hastete sie weiter. Sie hatte Angst. »Lina«, sagte Simon ganz weich und leise. Er berührte behutsam ihren Arm. Wieder zuckte sie zusammen und schien nun ganz und gar verängstigt. »Ich würde dir niemals etwas tun.« Sie sah ihn mit gesenktem Kopf aus riesigen Augen an. »Niemals«, wiederholte er eindringlich und ein bisschen lauter. »Du bist hier sicher«, sagte er und seine Stimme klang so fest und klar, dass kaum ein Zweifel möglich gewesen wäre. Die Spannung wich langsam aus ihrem Körper und man konnte sehen, wie erleichtert sie war. »Tut mir leid«, flüsterte sie.

»Nein«, antwortete Simon. »Ich sollte mich entschuldigen, ich wollte dir wirklich keine Angst machen.« Lina schüttelte den Kopf. »Ich weiß«, sagte sie. »Ihr seid hier alle wirklich freundlich zu mir. Aber ich komme aus einer anderen Welt. Bei mir daheim kommt es einem Todesurteil nahe, wenn einen jemand schön fand. Im besten Fall bedeutet es lebenslange Versklavung. Mein Opa hat mich stets ermahnt, niemandem gefallen zu wollen.«

Nachdenklich ging Simon neben dem Mädchen aus dem Bergbaudorf her, das erschreckte, wenn man es schön nannte. Sie hatte vieles erdulden müssen, mehr ertragen als er ahnte. Und dennoch war sie freundlich und anmutig. Vor Linas Schlafhütte blieben die beiden stehen. »Danke fürs Heimbringen«, sagte Lina und sah Simon an. »Gute Nacht«, erwiderte Simon. Er wollte sie berühren. Noch einmal diesen eigenartigen Stromschlag spüren, den er in jedem seiner Knochen fühlte. Er wollte es mehr, als er jemals etwas gewollt hatte. Doch es war zu früh für sie. Das wusste er. Und so murmelte er ein »Gute Nacht, Lina« und stapfte davon.

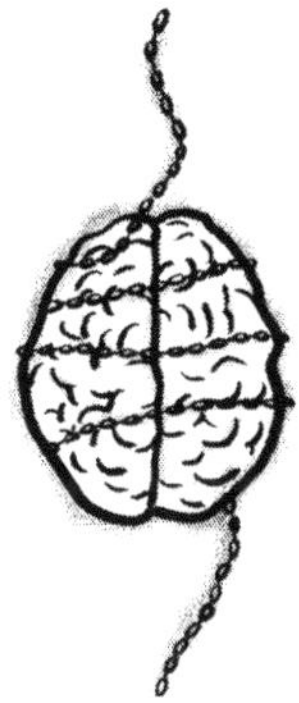

KAPITEL 21

DIE WURZELN DES HASSES

Lina

Die letzten Tage waren wunderbar gewesen. Simon hatte Lina jeden Tag abgeholt, war mit ihr zusammen zum Training gegangen und hatte mit ihr gegessen. Langsam näherten sie sich einander auch körperlich an. Sie hielten ab und an Händchen und mit jedem Moment hatte Lina mehr das Gefühl, als würde sie gleich zerspringen vor Glück. Doch es gab auch Momente, in denen er still war. Sie fühlte, dass ihn etwas bedrückte. Vielleicht lag es daran, wie Sabeena sich ihnen gegenüber verhielt. Zu Lina war sie vom ersten Tag an unfreundlich und harsch, aber nun war sie regelrecht unverschämt. Sie schikanierte sie offen und unverhohlen. Zum Leidwesen aller. Mehr als einmal war Simon inzwischen dazwischen gegangen, um Lina zu beschützen. Doch das schien sie nur noch mehr aufzubringen. Lina hatte keine Ahnung, wo ihr Problem lag.

Nachdenklich drehte sie den Kopf nach rechts und musterte Simon, der neben ihr auf der kleinen Bank vor ihrer Schlafhütte saß. Er war in Gedanken versunken und sah, trotz seiner massiven Schultern und der breiten Brust, verloren aus. Sie mochte ihn sehr. Jeden Tag noch ein bisschen mehr. Ihre Hand wanderte zögerlich zu seiner, die er auf seinem Oberschenkel abgelegt hatte. Es war das allererste Mal, dass Lina ihn von sich aus berührte. Bisher war jeglicher Körperkontakt immer von ihm ausgegangen. Ruckartig hob er den gesenkten Kopf und sah sie an. Dann lächelte er. Es gefiel ihm sichtlich, dass Lina sich endlich auch auf ihn zu bewegte. Simon rückte ein wenig näher zu ihr und legte seinen Arm um ihre Schulter. Schon wieder schien ihr Herz vor lauter Freude zu zerspringen.

»Darf ich dich etwas fragen?«, begann Lina, nachdem sie eine ganze Weile schweigend nebeneinander gesessen waren. »Natürlich«, antwortete Simon und schaute sie erwartungsvoll an. »Ich frage mich, was dich bedrückt. Du wirkst oft so abwesend.« »Hm«, antwortete er langsam. »Ich dachte nicht, dass es dir auffällt. Du bist sehr aufmerksam.« »Und?«, fragte Lina wieder. »Es ist schwer zu sagen. Irgendwie schwebt der Krieg über Allem. Ich mag es so sehr, mit dir zusammen zu sein, und ich möchte es genießen. Aber ich weiß, es wird nicht mehr lange dauern. Ich sollte trainieren, mich konzentrieren. Mit aller Kraft arbeiten. Sie verlassen sich auf mich.« Er schien mehr mit sich selbst zu sprechen, als mit ihr. »Aber wieso denn Krieg führen? Es geht uns doch gut hier.« Simon drehte sich zu ihr und sah sie lange und nachdenklich an. Es war, als würde auch in seinem Inneren ein Kampf ausgetragen. »Ich weiß nicht, ob du bereit bist, für die Wahrheit.« »Aber deine Mutter hat mir doch schon alles erzählt.« Simon schüttelte den Kopf. »Dir wurde so viel gesagt, wie du sicher verkraften konntest.« »Was?« Lina war die Verwirrung ins Gesicht geschrieben. »Weißt du«, begann Simon, »wir leben auf einem wundervollen, mysteriösen Planeten. Er kann so viel mehr, als man ihm zutraut. Er kann zugrunde gehen und sich wieder neu erschaffen. Er kann mit den widrigsten Umständen umgehen und sich erholen. Neu erblühen. Neu leben.«

Nun verstand Lina gar nichts mehr. »Aber dieses neue Leben ist fast nicht lebenswert« erwiderte sie. Simon sah sie eindringlich an. In seinen Augen standen Tränen und sie strahlten heller als je zuvor. Und dennoch glaubte Lina, auch Hass darin zu sehen. »Unser Planet wäre so unendlich lebenswert. Aber es wird verhindert.« »Wie verhindert?« Lina verstand gar nichts mehr. Doch nun wurde ihr die Wahrheit offenbart. Eine Wahrheit, die schlimmer war, als alles, was sie sich je ausmalen hätte können.

KAPITEL 22

OHNE LICHT IM HERZEN

Lina

Immer wieder wälzte sich Lina in ihrem Bett hin und her. Sie presste ihre Zähne so heftig aufeinander, dass sie laut knirschten. Sie war hasserfüllt. Besser konnte man ihren Zustand nicht beschreiben Der Hass stieg aus ihrer Magengegend auf, er war wie ein Feuer, aber keines von der guten Sorte. Ein innerer Brand, der von jeder ihrer Zellen Besitz ergriff und sich ausdehnte, sich steigerte. Irgendwann konnte sie nicht mehr liegen. Sie sprang auf und schrie. Der Hass musste hinaus. Lina fühlte, dass er sie sonst zerstören würde. Es war ein alles durchdringender, markerschütternder Schrei und ihr ganzer Körper schrie mit. Schließlich fiel sie wieder auf ihr Bett. Sie konnte diese Bosheit nicht fassen. Simon hatte ihr am Abend alles erzählt und während sie zu diesem Zeitpunkt nur wie ein Häufchen Elend dasitzen konnte und seinen Ausführungen lauschte, wurde ihr in der Ruhe das ganze Ausmaß des Betrugs an der Menschheit bewusst. Ein paar machthungrige, ekelhafte Individuen hatten das Leben von Generationen vernichtet. Nur aus Habgier heraus. Es war unfassbar.

Lina war so wütend, so traurig, so zerstört. In ihrem Inneren hallten Simons Worte nach, verschafften sich Gehör. Sie blähten sich auf wie ein übervoller Ballon und jedes Wort brannte sich in ihr Herz. Die Hannix waren vor dem Vulkanausbruch am Rande der Gesellschaft gestanden. Auch damals war die Menschheit habgierig und machthungrig, aber zumindest hatten viele Menschen ein gutes Leben. Die Hannix wurden damals Hellhäutige genannt. Es waren genetische Fehlbildungen, durch die sie keine oder nur sehr geringe Pigmente in der Haut einlagerten. Was in der Welt mit hoher Sonneneinstrahlung als nachteilig empfunden wurde, änderte sich zum evolutionären Vorteil in der Zeit nach dem Ausbruch. Während die gewöhnlichen Menschen aufgrund fehlender Sonneneinstrahlung krank wurden und viele von ihnen starben, erblühten die Hannix in dieser außergewöhnlichen Krise zu voller Größe. Sie konnten mit dem wenigen Licht einfach sehr viel besser auskommen, als die dunkleren Menschen. Schnell wussten sie, ihre Vorteile zu nutzen, rissen die Macht an sich. Sie hielten ihre Blutlinien rein und versklavten den Rest der Menschheit. Soweit wusste Lina um die Geschichte. Doch nach etwa 50 Jahren begann sich die Atmosphäre zu klären. Es wurde heller und freundlicher. Die Hannix sahen ihre Felle davonschwimmen und wussten sich zu helfen. Sie bauten eine gigantische Maschine, die Kohlenstaub in die Atmosphäre pumpte. Allerdings konnte die Maschine unmöglich die ganze Erde verdunkeln und so wurden die Menschen an den Grenzen der bekannten Welt behalten, mit dem Vorwand, dass außerhalb der Bergketten kein Überleben möglich war. Und dann sorgten sie dafür, dass dort tatsächlich kein Überleben möglich war. Die Lande rund um die Gebirgsketten wurden vehement bewacht. Mit Thronen und schweren Geschützen. Sie wurden mit Minen versehen und niemals kehrte ein Erkundender zurück. Bis die Vorfahren der Erleuchteten das unterirdische Höhlensystem fanden…

Lina war fassungslos über solch einen tiefen Betrug an Allem, was lebte. Der Hass in ihr schien das Licht und die Liebe auf zu fressen. Die Kraft verabschiedete sich. Wo noch vor ein paar Stunden echte Hoffnung gewesen war, klaffte jetzt ein tiefes, schwarzes Loch. Sie wusste, dass Simon Recht hatte. Sie musste mit dem Hass Frieden schließen, sonst würde sie wieder am Anfang stehen. Als Opfer, ohne Licht und ohne Kraft. Und so hörte sie auf, zu kämpfen. Legte sich flach auf das Bett und ließ ihre Gefühle fließen. Sie weinte tausende Tränen. Für all die verschenkten Leben, nein für die gestohlenen Leben. Für die Kinder, die Mütter und alle anderen Menschen. Schließlich weinte sie noch die letzten Tränen, die übrig waren, für sich selbst. Für alles, was sie sein hätte können, für alles, was sie haben hätte können, und für den Schmerz. Und dann war sie leer. Sie schloss die Augen und spürte, wie das

Licht zurückfand. Leise kribbelte es in ihr, füllte zunächst ihre Magengegend und stieg auf in ihr Herz. Ein kleines trauriges Lächeln stahl sich in ihr Gesicht. Sie würde nicht aufgeben, nicht wieder klein werden. Sie würde kämpfen und das Licht zusammen mit all den anderen zurückbringen. Ihr Herz schlug heftig in ihrer Brust. Sie war bereit. Bereit, alles zu geben und zu leuchten. Bis in die tiefsten, finstersten Ecken des Reichs.

KAPITEL 23

KAMPF FÜR DAS LICHT

Lina

Der Morgen brachte Erlösung und Klarheit und der Kampf in Lina hatte ein Ende. Mit nie gekanntem Ehrgeiz stürzte Lina sich in ihr Training. Sie gab alles und noch viel mehr. Aus der Tiefe ihrer Existenz mobilisierte sie unglaubliche Kräfte. Auch Sabeena bemerkte ihren Wandel und nahm sie noch härter in die Mangel. Aber das war Lina nur Recht. Sie wollte stärker, schneller und besser werden. Da konnte hartes Training nicht schaden. Ihr Licht strahlte nun schon kräftiger als jenes der meisten Erleuchteten und sie merkte, dass sie immer mehr der Kämpfer besiegen konnte. Simon schien sie mit immer mehr Bewunderung zu sehen. Und das gefiel Lina sehr. In den folgenden Wochen verbrachten sie jeden freien Moment miteinander. Sie trainierten gemeinsam und gingen nach dem Essen zusammen heim. Stunden über Stunden saßen sie zusammen auf der kleinen Bank vor Linas Hütte. Sie redeten über all die Missstände in der Welt und fanden neue Lösungen für alte Probleme und mit jedem Tag mochte Lina ihn noch ein bisschen mehr. In ihrem Magen zog sich alles zusammen, wenn sie ihn sah und sie wuchsen zusammen.

Als sie eines Tages wieder gemeinsam den schmalen Weg durch das Höhlensystem zu Linas Unterkunft wanderten, nahm Simon wieder einmal schweigend ihre Hand, so wie er es schon so oft getan hatte. Doch irgendetwas schien anders zu sein. Er zitterte und war sichtlich unruhig. Lina blieb stehen und sah Simon besorgt an. »Was ist los?«, fragte sie ihn. Er schien sich sichtlich nicht wohl zu fühlen. Er wirkte unruhig und blass und trat von einem auf den anderen Fuß. »Ich kann das nicht mehr«, presste er hervor. Seine Augen sahen sie fast flehend an. »Was denn?« Lina konnte ihre Verwirrung nicht verbergen. »Mich zurückhalten«, flüsterte er. Abrupt drehte er sich zu ihr und zog Lina zu sich. Ihre Gesichter waren jetzt nur mehr ein paar Millimeter voneinander entfernt. Er hielt kurz inne, um zu sehen, ob sie sich gegen seine Pläne wehren wollte. Lina traute sich kaum zu atmen. Als er ihre stille Zustimmung spürte, überwand er die letzte Distanz zwischen ihnen und küsste sie. Ganz zart und sanft berührten sich ihre Lippen und doch traf es sie beide wie ein

Blitzschlag. In jede Zelle ihres Körpers fuhr der Strahl und verband sie. Es war magisch. Keine Beschreibung konnte dem Gefühl gerecht werden. Schnell wurden die beiden hungriger. Sie umklammerten sich gegenseitig, aus tiefer Leidenschaft und aus Angst, dass dieses wahnsinnige Gefühl wieder vergehen könnte. Lina konnte unmöglich sagen, wie lange sie sich geküsst hatten. Die Zeit stand still und alles um sie herum war verschwommen. Irgendwann lösten sie sich voneinander und starrten sich an. Ein schüchternes Lächeln stahl sich auf Linas Gesicht. Simon warf den Kopf in den Nacken und lachte. Es war ein tiefes, befreites Lachen und Lina stimmte ein. Simon umarmte sie fest und Arm in Arm schlenderten sie zu Linas Hütte. Lina wollte nicht, dass Simon ging. Sie hielt seine Hand fest und als er sich verabschieden wollte, ließ sie ihn nicht los. Sie hob den Blick und seine Augen trafen ihre. Sie hob ihre freie Hand an seine Wange und flüsterte: »Bleib bei mir.« Simon blickte sie ernst an. »Bist du dir sicher?«, fragte er besorgt. Als Antwort ging sie auf die Zehenspitzen und küsste ihn erneut.

KAPITEL 24

LICHTERLOH

Lina

Wie schön konnte eine Nacht sein? Wie perfekt, wie anmutig, wie unerreichbar und präsent zugleich. Wie leicht konnte jede Bewegung fließen? Wie formvollendet jeder Gedanke, wie berauschend ein jedes Gefühl? War es tatsächlich möglich, sich immer so zu fühlen? Könnte es sein, dass all das, dieses neue, außergewöhnliche Gefühl, ein Erwachen war? Konnte es sein, dass ihr Geist all diese Jahre in der Illusion von Mangel und Verzicht gelebt hatte und sie nun zu ihrem wahren Wesen zurückfand? Jenem Wesen, das verbunden war mit Allem. Das sich ausdehnen und wachsen konnte. Unermesslich war die Freude, die in Lina aufstieg, als sie zu verstehen begann. »Wir, wir sind es«, rief sie aufgeregt. »Wir sind der Schlüssel, wir waren es schon immer. Das Licht liegt in uns, es war nie weg.« Tränen rannen, wie kleine Bäche über Linas Gesicht und mit einem Mal ging ein Ruck durch ihren Körper und Simon musste den Blick von ihr nehmen, um nicht von dem gleißenden Licht geblendet zu werden. Die Erlösung, die Erfüllung lag in ihrem Körper, in ihrer Seele, in ihrem Sein.

Die Nacht war wundervoll. Ihre Körper hatten einander erforscht und ihre Seelen hatten sich bis in die Abgründe geblickt. Sie waren zu zweit und doch waren sie Eins geworden, verschmolzen, verbunden und in Hingabe zu Einem geworden. Zu etwas Neuem und etwas Uraltem. Etwas Unfassbares und doch durch und durch Logisches. Die Erkenntnis traf Lina in ihren Grundfesten. Stieß sie mit all ihrer Kraft zu Boden, um sie weiter aufsteigen zu lassen, als sie jemals für möglich gehalten hatte. Sie erkannte den Kern, die Basis und die Grundlage. Konnte die Schuld nicht mehr im Außen finden. Alles war verbunden. Jedes Problem trug die Lösung bereits in sich. Es entstand geradezu erst, um der Lösung ihren Platz zu geben. Und als sie all das erkannte, wusste sie, dass der Kampf und die Offenbarung zusammen gehörten. Sie waren der einzige Weg. Sie mussten es wissen. Alle mussten es wissen. Das Licht war da. Nicht nur Kallan hatte es weggesperrt. Auch jeder seiner Untertanen. Jeder Arbeiter, jede Frau und jedes Kind hatte sich der Dunkelheit ergeben und die Macht in sich verschlossen. Was sich anfühlte wie Jahrhunderte von Erkenntnissen, erschloss sich Lina binnen Minuten. Sie strahlte und leuchtete so hell, dass ihr Licht durch die Ritzen der Hütte nach draußen drang. Und jeder, der in dieser Nacht zufällig an diesem Teil der unterirdischen Welt vorbeikam, konnte sehen, dass hier etwas ganz und gar Bezauberndes vor sich ging. Drinnen saßen zwei Menschen auf einer kleinen Pritsche, eng umschlungen, aber weit genug voneinander entfernt, um einander in die Augen zu sehen, und erkannten sich.

Sie hatten der Leidenschaft freien Lauf gelassen. Hatten jeden Zentimeter ihrer Körper erkundet und sich geliebt, wie selten jemand zuvor. Er hatte sie auf alle möglichen Arten geliebt. Erst ganz zart und vorsichtig, um sie nicht zu verletzen. Dann voller Inbrunst und dann mit der Verzweiflung eines Ertrinkenden. Denn ihm war klar, dass dieses Mädchen sein Schicksal war. Seine Bestimmung und er würde nie wieder auch nur annähernd solche Befriedigung erfahren, wie durch den Körper und durch das Wesen, dieses einzigartigen Geschöpfes. Nun, da sie sich beide ausgelebt oder ausgeliebt hatten, saßen sie nackt auf dem Bett. Ihre Beine waren miteinander verknotet und verschlungen und man konnte schwer sagen, wo der eine Mensch aufhörte und der andere begann. Sie saßen da und schauten sich an, so als müssten sie sich jede Kleinigkeit einprägen, für den Fall, dass dieses perfekte Ereignis keine Wiederholung fand. Sie blickten einander in die Herzen und es war, als würden ihre Seelen miteinander sprechen und mehr sagen, als Worte es je vermochten. Lina erkannte alles. Es war plötzlich alles da. Irgendwann legten sie sich hin und schliefen eng umschlungen ein. In Vollkommenheit.

KAPITEL 25

DER SINN DES LICHTS

Lina

Der tiefe Frieden und die Liebe schienen noch immer in ihr zu sein, als Lina erwachte. Doch ihre Arme waren leer. Simon war nicht mehr bei ihr. Er war gegangen. Schlaftrunken setzte sich Lina in ihrem Bett auf. Ganz zart schlichen sich kleine Lichtstrahlen durch die Ritzen der kleinen Holzhütte herein und tauchten das bescheidene Häuschen in ein magisches Licht. Lina rieb sich die Augen. Hatte sie all das etwa nur geträumt? Es fühlte sich so real an. Langsam führte sie die Hand an ihre Lippen. Sie waren ganz geschwollen und fühlten sich ein bisschen wund an, von den vielen Küssen. Nein, das war kein Traum gewesen. Sofort machte die Enttäuschung, die sich kurz in ihrer Magengegend eingeschlichen hatte, wieder der unbändigen

Freude Platz. Das war tatsächlich geschehen. Simon und sie und diese magische Nacht. All die Liebe und die unaussprechlichen Gefühle. Das Erkennen. Alles war wahr. Lina lachte laut auf. Sie hüpfte aus dem Bett und tanzte durch den Raum. Noch nie war sie so glücklich gewesen. Den leisen Zweifel, den sie in sich aufkommen spürte, schob sie ganz schnell wieder beiseite. Nur weil er heute nicht mehr da war, konnte das nicht alles bedeutungslos für ihn gewesen sein. Sie hatte seine Hingabe, seine Leidenschaft und auch seine Liebe gespürt. Ein genüsslicher Schauer lief ihr über den Rücken, als sie an ihre wundervolle gemeinsame Nacht dachte. Sie spürte wieder seine Küsse auf ihrer Haut. Seine forschenden Hände auf ihren empfindsamsten Stellen. Sie lächelte verlegen in sich hinein. Wie besonders. Lina konnte es kaum erwarten, ihren Liebsten wiederzusehen. Sicher hatte eine seiner zahlreichen Verpflichtungen in der Community ihn zum Verlassen gezwungen. Aber er hatte ihr, seit sie da war, immer beim Training zugesehen. Also beeilte sich Lina, sich anzuziehen und sich fertigzumachen.

Mit großen Schritten eilte sie zur Ausbildungsstätte. Sie freute sich so sehr auf Simon, dass sie gar nicht bemerkte, wie jeder, der ihr über den Weg lief, sie anstarrte. Schnell erreichte sie die Höhlen, die als Trainingsgelände fungierten. Darin herrschte reges Treiben, wie eigentlich jeden Tag. Eines der Mädchen drehte sich zu Lina um und erstarrte mitten unter ihren Übungen. Andere folgten ihrem Blick. Bis es in der Halle plötzlich mucksmäuschenstill war und alle zum Eingang blickten, wo Lina stand. Sie wurde ganz und gar unverhohlen angestarrt. Einigen der Auszubildenden standen sogar die Münder weit offen. Lina war wie erstarrt. Was war nur los? Warum starrten sie den bloß alle so an? Als erste fasste sich Sabeena wieder. »Was gibt es denn da zu starren? Los, los, los!«, schrie sie und die jungen Erleuchteten gingen wieder ihrem Training nach. Nur Lina stand noch ganz und gar regungslos im Eingang. Sabeena drehte sich zu ihr um und herrschte sie an. »Was ist mit dir?«, keifte sie Lina über die Köpfe der anderen hinweg an. »Brauchst du eine Sondereinladung?«

Lina löste sich aus ihrer Schockstarre und eilte durch die Halle, so schnell sie konnte. Sie stellte sich aufrecht hin und salutierte mit der Präzision einer eingefleischten Soldatin. Jeder ihrer Muskeln war unter Spannung und sie erwartete den Befehl, sich mit einem der anderen Schüler zu messen. Doch Sabeena hatte ganz offensichtlich andere Pläne. Etwas Hinterlistiges blitzte in ihren Augen auf, als sie sich zu Lina umdrehte und den Kopf neigte. Auf ihren Lippen war ein spöttisches Lächeln zu erkennen, das ihren sonst so makellosen Zügen etwas Fratzenhaftes verlieh. Sie deutete Lina zu ihr zu kommen und Lina ging zaghaft auf sie zu. Sabeena wendete sich ab. Der erste Schlag traf Lina so hart und unerwartet, dass er sie sofort zu Boden beförderte. Sabeena grinste fies. Lina lag mit dem Gesicht nach unten auf dem harten Stein. Sie war überrascht, aber sie spürte kaum Schmerzen. Sie spürte das Licht in sich, das wild herum schoss und sich neu formierte. Schneller als sie denken konnte, war sie wieder auf den Beinen. Ihre Bewegungen waren zielgerichtet und unfassbar schnell. Sie verliefen fast automatisch. Lina dachte nicht darüber nach. Es war, als hätte das Licht die Kontrolle über ihren Körper übernommen und Lina war nur noch Passagier. Sie vergaß alles, was sie gelernt hatte, weil ihr Körper es besser zu wissen schien. Ihr Licht blendete alle rundherum, als Lina zur Gegenoffensive ansetzte. Das war auch der Grund für die verwunderten Blicke der Anwesenden. Mit ein paar gekonnten Bewegungen brachte sie Sabeena an ihre Grenzen. Die Verwunderung war ihr ins Gesicht geschrieben. Nichts war mehr zu erkennen, von der einstigen Überlegenheit der Lehrerin. Jede ihrer Bewegungen schien zu langsam und zu vorhersehbar, um Lina in irgendeiner Weise noch Parole zu bieten. Lina landete einen Treffer um den anderen. Sie wirbelte durch die Luft und ihr gestrecktes Bein traf Sabeena erneut am Kopf. Der Kampf dauerte nur ein paar Minuten und am Ende musste Sabeena eine herbe Niederlage einstecken. Sie ging zu Boden. Die Scham über diese Niederlage fraß sich tief in Sabeenas Bewusstsein. Sie konnte das nicht auf sich sitzen lassen. Sie musste etwas unternehmen. Und als Lina sich zum Gehen wandte, sprang sie mit einem Satz auf und warf ihr von hinten einen Stein gegen den Kopf…

KAPITEL 26

FLACKERN

Lina

Die Dunkelheit schlich sich von beiden Seiten an und legte sich über Linas Bewusstsein und über ihr Licht. Schwer fielen ihre Augen zu und ihr Körper sank in sich zusammen. Dumpf schlug sie am Boden auf und versank in Träumen …

Als Lina wieder zu sich kam, lag sie in ihrem Bett. Ihr Kopf tat höllisch weh und alles um sie herum schien düster und fad zu sein. Simon saß neben ihr am Bett, sein Blick war besorgt. »Hey«, flüsterte er. »Hey du«, sagte sie. Ihr Schädel dröhnte und sie fasste sich an den Hinterkopf. Sie spürte eine kleine Naht und die Stelle schmerzte und pochte. »Was ist denn passiert?«, wollte Lina wissen. Sie erinnerte sich an die vergangene Nacht und ein Lächeln stahl sich in ihr Gesicht. Dann erinnerte sie sich an den Morgen und an das Training. Langsam kamen auch die Bilder des Kampfes mit Sabeena zurück und dann folgte nur noch Dunkelheit. »Sabeena«, antwortete Simon kaum hörbar. Es war nicht mehr als ein Flüstern oder besser gesagt ein Fauchen. Lina sah ihn fragend an. »Ja?« Sie meinte, zu wissen, dass der Kampf vorbei war. »Als du dich umgedreht hast, hat sie dir einen Stein an den Kopf geworfen. Du warst sofort ohnmächtig.« »Aber wieso?«

Lina war komplett erstaunt. Zwar war Sabeena ihr gegenüber noch nie freundlich gesinnt gewesen, aber Lina glaubte zu wissen, dass die Bewohner der Stadt des Lichts Gleichgesinnte nicht angreifen und ihnen Schaden zufügen würden. Nun drehte sich alles in ihrem Kopf und das erst kürzlich entdeckte Vertrauen schien dahin zu schmelzen. »Ich weiß es nicht.« Simon sah sie ratlos an. Doch in seinen Augen funkelte es. Es war nicht das ruhige, strahlende Licht, das dort immer zu finden war. Es war etwas Gleißendes, Bedrohliches in seinem Blick. »Was sagt sie denn?« Lina konnte sich nicht vorstellen, dass sie ihre Tat gänzlich unkommentiert gelassen hatte. »Sie hat noch nichts gesagt. Sie ist sofort weggerannt.« Er sah wirklich fremd aus. Das Strahlen in seinen Augen war verschwunden und seine Gesichtszüge wirkten mit einem Mal härter. »Ich werde das Gefühl nicht los, dass es etwas mit mir zu tun hat.« Simon wendete sich abrupt von Lina ab und sah zur Tür. »Ich muss sie suchen, sie finden, sofort« zischte er. Er war zornig und unruhig und Lina war nun gänzlich verwirrt. »Was ist denn?« Sie setzte sich so schnell auf, dass es ihr sofort einen Stich in den Kopf gab und ihr übel wurde. Mit einem leisen Seufzen griff sie sich an den Hinterkopf und sank langsam wieder zurück aufs Bett. Simon ruderte im selben Moment zurück und stürzte zu ihr. Er machte sich ehrlich Sorgen und für kurze Zeit verschwand jeder Argwohn aus seinem schönen Gesicht. »Es ist schon gut«, versicherte Lina ihm und fühlte sich so sehr gesehen. »Aber warum bist du nur so aufgebracht? Es ist doch nicht so schlimm. Das verheilt und alles wird wieder gut. Sicher hätte sie das nicht tun dürfen, es ist schon sehr gemein gewesen. Aber sie wird sich rechtfertigen können.« »Nein.« antwortete Simon mit fester, harter Stimme. »Es gibt keine Entschuldigung für dieses Verhalten. Nicht in dieser Stadt, nicht in dieser Gemeinschaft. Das widerspricht allem, woran wir glauben. Allem, für was wir stehen. Aber das allein ist es nicht.« »Was ist noch?« Lina blickte ihn mit großen, verständnisvollen Augen an. Sie verstand seine Verbitterung und seine Enttäuschung. Sabeena war mit ihm aufgewachsen. Fast war sie ein Teil von ihm. Sie waren durch dieselben Schulen gegangen, hatten abertausende Male gemeinsam gelacht. Und nun hatte sie etwas getan, das gegen alles, wofür sie je gekämpft hatten, verstieß. »Ich glaube, dass das nicht alles war«, gab er leise zu bedenken. »Ich fühle, dass da noch etwas ist. Ich muss los. Ich muss sie schnell finden.« Er gab Lina einen flüchtigen Kuss auf die Stirn und einen weniger flüchtigen auf den Mund und verschwand eilig in der Dunkelheit.

KAPITEL 27

EIN FUNKEN GLÜCK

Lina

Das harsche Klopfen an der Tür ließ Lina aufschrecken. Das ungute Gefühl, das sich beim Einschlafen in ihr breitgemacht hatte, kehrte sogleich zurück. Es war stockdunkel. Von der Morgendämmerung war noch nichts zu sehen, also konnte sie noch nicht lange geschlafen haben. Sie schlug die Decke zurück und hetzte zur Tür. Wenn um diese Zeit jemand zu ihr kam, musste etwas geschehen sein. Lina riss die Tür auf. Draußen stand Simon. Auch in der Dunkelheit erkannte sie seine leuchtenden Augen sofort. Seine Schultern hingen hinunter, was untypisch für ihn war, und sein bekümmerter Blick ließ auch nichts Gutes vermuten. Lina griff sanft nach seinem Arm und zog ihn ins Zimmer. Sie deutete ihm, sich zu setzen, dann zündete sie eine Kerze an. Sie setzte sich zu ihm an den kleinen Tisch und sah ihn fragend an. Simon hockte auf seinem Stuhl, den Blick gesenkt auf seine in sich gefalteten Hände. »Um Himmels willen, Simon, rede mit mir«, herrschte Lina ihn an. »Was ist passiert?« Endlich brach er das Schweigen. »Wir haben die halbe Nacht nach Sabeena gesucht. Im ganzen Höhlensystem haben wir gesucht. Jeden gottverdammten Stein haben wir umgedreht. Doch nirgends war auch nur eine Spur von ihr.«

Simons Stimme war rau und zittrig, ganz anders als sonst. Lina sah ihn besorgt an. Das alles beunruhigte sie sehr. »Sprich weiter, bitte«, flehte sie ihn an. »Als ich die anderen nach Hause geschickt hatte, beschloss ich, noch den Erdtunnel zum Ausgang hin zu durchsuchen. Und da fand ich sie.« Er stockte. Linas Augen weiteten sich vor Schreck und sie hielt sich schnell die Hand vor den Mund, um ein Schluchzen zu unterdrücken. »Ist sie? Ist sie?« Die Vorstellung, dass der Tod nun in ihr kleines Paradies Einzug gehalten hatte, ließ sie verstummen. »Nein, nein, das ist sie nicht. Aber wie es aussieht, war sie nah dran. Ich habe sie zu unserer Heilerin gebracht. Sie wies schlimme Wunden auf. Man muss sie arg zusammengeschlagen haben.« Wieder hörte Simon auf, zu sprechen, und stieß plötzlich einen dumpfen Schrei aus. Er sprang auf und raufte sich die Haare. »Verdammt, verdammt, verdammt«, brüllte er. »Warum zur Hölle macht sie so etwas? Warum verlässt sie unsere Welt? Warum jetzt, so kurz vor unserer Mission.« Verzweifelt ließ er sich wieder auf den Sessel fallen. Lina blickte zu Boden.

»Vielleicht ist es meine Schuld«, flüsterte sie. Überrascht sah Simon sie an. »Warum sollte es denn bitte deine Schuld sein?«, fragte er. »Du hast gesagt, sie benimmt sich seit ein paar Wochen komisch, oder?« Fragend blickte sie Simon an. »Ja?« »Etwa seit dem Zeitpunkt, als ich zu euch kam?« »Ja.« »Ich glaube, sie hat das Gefühl, ich würde ihr etwas wegnehmen«, versuchte Lina es vorsichtig. Simon zog seine Augenbrauen hoch. »Du glaubst, sie ist eifersüchtig?« »War da etwas zwischen euch, bevor ich kam?«, bohrte Lina weiter. »Sabeena ist wie eine Schwester für mich. Klar haben wir ab und zu die Nacht zusammen verbracht, aber wir waren nie ein Paar. Da war nie Gefühl dabei.«

Lina stutzte. War es das, was sie auch mit Simon verband? Eine Nacht ohne Gefühl? Sie konnte verstehen, wie Sabeena sich gefühlt haben musste. Simon schien ihren Gedankengang zu erkennen, denn mit einem Mal war er bei ihr. Er kniete sich vor ihr auf den Boden, umfasste ihr Gesicht und zwang sie, ihn anzusehen. Er sah ihr in die leuchtenden grünen Augen mit den glitzernden Goldsprenkeln und sah zu, wie eine einsame Träne den Weg fand, über ihre zartrosafarbenen Wangen. Er sah zu, wie sie bis zum Mund rann und dort von ihren Lippen aufgefangen wurde. »So ist das nicht.« Es war kaum mehr als ein Flüstern. »So ist das nicht mit uns. Wir haben eine Verbindung. Wir sind eins. Wir gehören zusammen. Mehr, als ich je zu irgendetwas in der Welt gehört habe, gehöre ich zu dir. Das spürst du doch? Das musst du doch auch spüren.« Viele Tränen mehr fanden nun ihren Weg über Linas Gesicht und ein Lächeln stahl sich zwischen sie. »Ja«, hauchte sie. »Ja, natürlich spüre ich …« Weiter kam sie nicht mehr, denn ein Kuss verschloss ihre Lippen. Die beiden küssten sich voller Leidenschaft. Wie zwei Ertrinkende suchten sie Halt im jeweils anderen.

Die Leidenschaft der beiden kannte keine Grenzen. Lina dachte ein paar Mal, sie müsste gleich zerspringen vor lauter Wonne, vor Lust und vor allem vor Liebe. Aber nichts dergleichen geschah und Lina kuschelte sich nach dieser Erfüllung in Simons Arme. Sie schliefen verschlungen ein und ihre Welt war vollkommen. Alles war vergessen. Die Gefahr schien in ihrer Zweisamkeit keine Rolle mehr zu spielen. Es war, als könnte nichts mehr zwischen sie passen. Ein kleiner, letzter Gedanke schlich sich noch in Linas Kopf, bevor sie endgültig in einem glückseligen Traum versank: Es ist zu schön. Es ist zu schön, um wahr zu sein. Dann vergaß sie, sich zu fürchten, vergaß, sich zu sorgen. Sie hatten einander ganz, hier und jetzt, und nichts anderes schien in diesem Moment Bedeutung zu haben.

KAPITEL 28

STURM UND DRANG

Simon

Simon träumte. Irgendwie hatte sein Traum etwas Surreales, das sich seltsamerweise sehr echt anfühlte. Er träumte von Sabeena und von Lina. Die beiden bekämpften sich gegenseitig bis aufs Blut. Sie waren beide unfassbar starke Kriegerinnen. Voller Mut und Inbrunst kämpften sie. Als ginge es um Leben und Tod. Und irgendwie schien es das auch zu tun. Lina gewann. Ihr Licht war einfach stärker. Sie war schneller und geschickter. Doch als Sabeena am Boden lag, drehte sie sich auf den Bauch. Ganz genau so, wie sie es vor ein paar Tagen getan hatte, und griff nach etwas. Nur war es dieses Mal kein Stein. Es war eine Maschinenpistole. Simon wollte dazwischen gehen, doch er konnte sich nicht bewegen. Nicht einmal einen kleinen Schritt konnte er tun. Es war, als wären seine Füße einzementiert. Tief und fest mit dem Boden verbunden. Er kämpfte und schrie. Doch seine Füße bewegten sich nicht. Und dann hörte er es. Das unfassbar gnadenlose Tackern der Maschinenpistole. Er sah, wie sich Linas Körper unter den Kugeln wand. Tack, tack, tack, tack … und sie fiel blutüberströmt zu Boden. »Neeeein.« Simon schreckte schweißgebadet auf aus diesem grässlichen Albtraum und fand sich neben Lina im Bett sitzend. Doch das Geräusch der Maschinenpistole verstummte nicht. Es war noch immer da. Ein bisschen weiter entfernt, aber es war noch da. Neben ihm lag Lina und sah so unschuldig aus und so unfassbar schön. Er spürte, dass es das letzte Mal war, dass sie unbeschwert gewesen waren. Denn draußen brach gerade die Hölle los. Das wusste er mit eiserner Gewissheit.

Er sprang aus dem Bett und lief zu dem kleinen Fenster. Er konnte schemenhafte Gestalten erkennen. Die Maschinengewehre kamen näher. Ihr unermüdliches Klicken ging ihm durch und durch. Jetzt konnte er es auch sehen. Durch den Eingang der Höhle kamen sie zuhauf. Es waren Kallans Männer, die sie überfielen. Es war vorbei. Nun, nach Jahrzehnten des Versteckens, waren sie aufgeflogen. Lina regte sich in ihrem Bett, als Simon, so schnell er konnte, in seine Hose schlüpfte. Kurz sah er die Liebe und die tiefe Zufriedenheit in ihren Augen aufblitzen, die er in den letzten Nächten gesehen hatte und die er nie wieder missen wollte. Doch dann sah sie ihn an und es war, als hätte sie binnen Sekunden verstanden. Ihre Augen füllten sich mit Tränen und gleichzeitig begannen sie, wütend und hell zu leuchten. Mit einem Satz sprang sie aus dem Bett und stand neben ihm. Sie hüpfte regelrecht in ihren schwarzen, eng anliegenden Kampfanzug und schnappte sich ihre Waffen. Binnen weniger Augenblicke war sie kampfbereit. Eine wahre Kriegerin. Seine Kriegerin. Er stürmte hinter ihr zur Tür und mitten hinein in die schrecklichste Schlacht, die sich Simon je hätte vorstellen können.

Lina und er kämpften Seite an Seite. Knochen zersplitterten, Köpfe barsten und der süßliche Geruch von frischem, warmem Blut stieg ihm in die Nase. Simon verspürte Übelkeit, aber er kämpfte, wie er noch nie in seinem ganzen Leben gekämpft hatte. Es gab keine Zeit mehr. Sein Licht durchflutete ihn und verlieh ihm ungeahnte Kräfte. Wie in Trance schlugen sie um sich und töteten. Soldaten um Soldaten, Krieger um Krieger. Sie wollten einfach kein Ende finden. Und als die ersten Lichtstrahlen über die versteckten Quellen flackerten, schienen keine neuen Kämpfer mehr zu kommen und das ganze Ausmaß der Verwüstung wurde ihnen offenbart. Simon schloss die Augen ganz langsam und genauso langsam öffnete er sie wieder, in der Hoffnung, die paar Sekunden hätten etwas von dem Grauen, das sich vor ihm erstreckte, wegnehmen können. Vielleicht meinte er auch, es wäre nur ein Traum gewesen und das langsame Schließen seiner Augen könnte ihn wecken. Leider funktionierte nichts davon. Das Massaker blieb real. Neben ihm stand Lina, mit hängenden Schultern und ganz und gar mit Blut überströmt. Sie leuchtete immer noch unglaublich hell. Aber die Verzweiflung stand ihr ins Gesicht geschrieben. Ihr Brustkorb hob sich schnell und unrhythmisch. Sie standen in einem Meer von Leichen. Die meisten von ihnen waren in Kampfanzügen von Kallans Armee gekleidet und hatten weiße Haut und stechend blaue Augen. Aber immer wieder waren auch Bürger der verborgenen Stadt dazwischen. Und bei jedem Blick, den er auf einen verlorenen Freund warf, zerbrach sein Herz ein bisschen mehr. Es war alles verloren. Seine Stadt, seine Welt, sein Leben. Er war verloren.

KAPITEL 29

SCHATTENREICH

Lina

Wie durch einen Schleier sah Lina die Welt. In ihren Augen stand das Wasser, das sich langsam seinen Weg bahnte. Nur um dann förmlich ihre Wangen entlangzuschießen. Verschwommen sah sie die Bewohner der Stadt des Lichts in ihren farbenfrohen Kleidern mitten unter den weiß uniformierten Kriegern Kallans liegen. In der Ferne konnte man jemanden schluchzen hören. Lina stand regungslos da. Neben ihr stand Simon. Ihr war klar, dass es ihn noch viel härter getroffen hatte. Ihr war bewusst, dass sie etwas sagen sollte. Doch sie konnte nicht. Sie war nicht zu dem kleinsten Wort, nicht zu der winzigsten Bewegung fähig. Sie stand nur da und bewegte sich nicht. Die Tränen rannen in Strömen über ihre Wangen. Doch sie wurden nicht von dem leisesten Ton begleitet. Das Gesicht, über das sie flossen, war wie versteinert. Die Zeit stand still und Lina hatte das Gefühl, sie zu verhöhnen, hätte sie auch nur die minimalste Bewegung in diese grauenhafte Stille entlassen.

Sie wusste nicht, wie lange sie schon hier gestanden waren, mitten unter den Leichen, ohne jede Regung, als sie plötzlich ein markerschütternder Kinderschrei aus ihrer Schockstarre befreite. »Simooon«, schrie die junge, hohe Stimme und die Panik darin erschütterte Lina. Sie spürte sie in ihren Knochen und mit einem Mal fühlte sie sich noch elender, was sie zuvor nicht für möglich gehalten hätte. Auch Simon, der sich die ganze Zeit über ebenso wenig bewegt hatte wie Lina, fuhr herum und versuchte, die Richtung auszumachen, aus der die Stimme gekommen war. Sie kam von den Höhlen der Anführer, in denen auch Simon sein Zuhause hatte. »Oh nein«, flüsterte Lina. »Oh nein, oh nein, oh nein!«, tönte es in ihrem Kopf, während sie hinter Simon herlief. Sie bahnten sich ihren Weg durch die erkalteten Körper. Stolperten, fielen hin, rappelten sich wieder auf und fielen wieder. Aber irgendwann hatten sie es geschafft und ließen das Schlachtfeld hinter sich. Sie hetzten durch die Tunnel. Hier waren nicht so viele Kampfspuren zu sehen wie im vorderen Teil der neuen Welt. Dennoch war auch hier vieles zerstört worden und einige Tote säumten den Weg. In allen Winkeln standen Menschen mit verweinten Gesichtern und hängenden Schultern, gebrochen und ihrer Hoffnung beraubt. Das Leuchten in ihren Augen war kaum noch zu sehen, fast war es erloschen.

Sie kamen zum Eingang der Höhle, in der die Hütte von Simon und seiner Mutter stand. Bereits als sie sich ihr näherten, hörten sie die Kinderstimme wimmern und schluchzen. Sie traten in den Eingang und sahen den Grund für die abgrundtiefe Verzweiflung des Mädchens. Die kleine Sarah hockte gekrümmt über einem Körper, der von Blut überströmt war. Und bereits aus der Ferne konnte Lina das wundervolle bunte Gewand von Simons Mutter erkennen. Serena war schwer verletzt. Den Erleuchteten würde vielleicht die Anführerin, die Mutter, ihr Licht genommen. Tiefe Trauer umschloss Linas Herz und zum ersten Mal seit dem unfassbaren Ereignis schluchzte sie laut auf. Simon stürzte zu seiner Mutter, warf sich auf die Knie und beugte sich über sie. Er legte sein Ohr an ihren Mund. »Sie atmet«, stieß er aus. »Mama.«

In seiner Stimme lag so viel pure Verzweiflung, so abgrundtiefes Entsetzen und doch auch noch ein kleines bisschen Hoffnung. Lina zerbarst das Herz erneut. Kurz wunderte sie sich darüber, dass das überhaupt noch möglich war. Nun ließ auch sie sich auf die Knie fallen, legte ihren Arm um Sarah und beugte sich ebenfalls über Serena. Ihr Atem kam stoßweise und klang gequält. »Mutter …« Simons Stimme war nicht viel mehr als ein flehendes Wimmern. Serenas Augen flackerten und ganz langsam öffnete sie sie ein ganz kleines Stück. Sie sah ihren Sohn an und Tränen liefen ihre Wangen hinunter. »Mama, beweg dich nicht, ich suche den Heiler. Ich bin gleich wieder da.« Simon war im Begriff, auf seine Beine zu springen und los zu hetzen. Doch Serena griff nach seinem Arm und hielt ihn fest. »Nein.« Es war mehr ein Hauchen als ein Wort. Simon beugte sich wieder zu ihr. »Mama, du brauchst Hilfe.« Flehend sah er sie an. Kaum merklich schüttelte Serena den Kopf. »Ich muss gehen«, presste sie hervor. »Nein, nein, nein.« Simon sank über dem Körper seiner Mutter zusammen. »Bitte, Simon, verlier es nicht …« Sie flüsterte ihre Botschaft ganz nah neben seinem Ohr. »Behalte dein Licht, führe sie …« Sie schloss die Augen und atmete eigenartig tief und langsam. »Ich liebe dich.«

Das waren die letzten Worte, die diese lichtvolle Seele sprach, bevor sie ging. Sie schloss ihre Augen und atmete einen letzten Atemzug. Dann erlosch sie und ihr Licht trat für alle Anwesenden sichtbar aus ihrem Körper aus. Es schwebte seltsam langsam über die Köpfe der verbliebenen Erleuchteten hinweg und schien sich über ihren Körpern zu verteilen. Es verschwamm mit der Umgebung und breitete sich aus. Bis es schließlich so weit verteilt war, dass sie es nicht mehr sehen konnten. Sie alle hatten die Köpfe erhoben und diese letzte Gnade ihrer Führerin gesehen. Alle bis auf Simon. Wie erstarrt lag er mit dem Kopf auf der Brust seiner Mutter. Als er nach einer gefühlten Ewigkeit aufblickte, war alles anders. Seine Augen hatten eine andere Farbe, ihr Licht war intensiver und dunkler zugleich geworden. Da war eine tiefe Traurigkeit in seinem Blick und noch etwas. Etwas, was Lina noch nie bei ihm gesehen hatte, jedoch nur zu gut aus ihrer Zeit in ihrem Heimatort kannte. Es war Hass. Jener abgrundtiefe Hass, der alles um sich vernichtete und auffraß. Erneut schien ihr Herz zu zerreißen. Sie waren verloren. Endgültig und unwiederbringlich verloren. Es gab keine Hoffnung mehr. Ohne Serena und mit einem Thronerben, dessen einzige oder zumindest vorherrschende Motivation der Hass war, gab es keinen Weg mehr für das Licht.

KAPITEL 30

DAS DUNKLE TAL

Lina

Siebenundvierzig Erleuchtete waren es noch. Nur siebenundvierzig hatten das Massaker überlebt und sammelten nun die Leichen ein. Sie alle waren gebrochen und in ihrem Inneren zerstört. Man konnte es spüren, aber vor allem konnte man es sehen. Das Licht in ihren Augen war geschwächt, so als hätte man es abgedunkelt, als hätte man dicke, schwere Leinenvorhänge vor es gezogen. Die Augen der Bewohner der Stadt des Lichts leuchteten immer noch, sie waren immer noch besonders, aber auf eine traurige Art und Weise. Ihr Strahlen, ihre Lebenslust, das Federn in ihrem Gang, es war fort.

Lina hatte sich, nachdem sie den ganzen Vormittag dabei geholfen hatte, die verstorbenen Bürger der erleuchteten

Stadt auf eine Lichtung im hinteren Bereich der Höhlen zu bringen, neben dem Eingang auf den Boden sinken lassen. Sie zählte die Toten und die Lebenden und kam zu dem Schluss, dass sie wirklich kaum noch Hoffnung hatten. Ein Gedanke brannte sich in ihr Bewusstsein, er schrie sie geradezu an. »Wir müssen handeln«, schrie ihr Verstand und ihr Herz und ihr Licht pflichteten bei. Sie wusste mit jeder Faser ihres Körpers, dass sie nicht verweilen durften. Keine Zeit blieb, um zu trauern, um die Toten zu begraben, wollten sie nicht selbst auch ein Teil dieses riesigen Friedhofs werden. Sie hatte mit Serena und Simon die Pläne für einen Angriff auf Kallans Reich durchgespielt. Alle ihre Pläne hatten mit einer extremen Unterzahl zu kämpfen gehabt. Die Erleuchteten rechneten mit vielen Tausend Kämpfern Kallans. Aber gestern waren zu wenige Krieger gekommen. Kallan musste kurzfristig von den unterirdischen Verstecken der Rebellen erfahren haben und konnte nicht sein ganzes Heer mobilisieren. Doch es würde nicht mehr lange dauern, bis sie auch aus den entlegensten Teilen des Reichs da sein würden. Und dann waren sie alle unausweichlich dem Tod geweiht. Es sei denn, sie fanden ein Versteck, und zwar bald.

Lina schloss die Augen, sie versuchte, die Kraft zu finden, um die anderen zu überzeugen. Sie fühlte in sich hinein. Da, wo dieses lodernde Feuer gewesen war, fand sie nun ein tiefes, schwarzes Loch. Aber es musste doch noch da sein. Sie brauchte ihr Licht jetzt. Lina öffnete die Augen. Ihr Brustkorb hob sich unter einem tiefen Atemzug, bevor sie erneut ihre Augen schloss und das Licht zu finden versuchte. Sie versuchte, sich zu erinnern. Sie mühte sich ab, um es erneut zu fühlen. So gut sie konnte, konzentrierte sich Lina auf das Fühlen des Lichts. Und da war es. Versteckt unter all der Trauer und unter der Dunkelheit fand sie einen kleinen Funken ihres Lichts. Erst war er kaum wahrzunehmen, doch als sie sich auf ihn konzentrierte, wurde er kräftiger und wuchs. Als sie die Augen nach einer Weile erneut öffnete, war es schon wieder etwas heller in ihr. Die völlige Dunkelheit war einem leichten Scheinen gewichen. Und ihre Antriebslosigkeit hatte sich in zarte Motivation verwandelt. Sie war bereit. Bereit, mit den anderen zu reden und sie hoffentlich zu überzeugen.

Lina stand auf und sah sich nach Simon um. In blinden Automatismus versunken schleppte er eine Leiche nach der anderen zu der Höhle. Sein Gesicht war innerhalb weniger Stunden um Jahre oder gar Jahrzehnte gealtert. Sein Leuchten war kaum noch wahrzunehmen. Lina trat neben ihn und legte ihre Hand auf seine Schulter. Er zuckte zusammen und zog seine Schulter so rasch weg, dass auch Lina erschrak. »Simon, wir müssen reden.« Es war mehr ein Flüstern und ihre Stimme brach. »Was willst du reden?« Erstaunt stellte Lina fest, dass sich sogar Simons Stimme verändert hatte. »Wir können hier nicht bleiben. Es ist zu gefährlich. Bald werden mehr Krieger auftauchen. Du weißt so gut wie ich, dass das nur ein Bruchteil seiner Streitkräfte war …« Lina redete leise, aber eindringlich auf Simon ein, während er mit hängenden Schultern und gesenktem Blick neben ihr stand. »Ich weiß …« Er zögerte. »Ich weiß das. Aber wo soll ich denn hin?« »Hier geht es nicht nur um dich.« Linas Stimme wurde von Satz zu Satz fester. Sie spürte, dass ihr Licht wieder an Intensität gewann. Die Stärke musste einfach wieder zu ihr finden. Sie fühlte, dass es nun an ihr war, diese 47 Seelen zu retten. Es war unausweichlich. Simon schien gebrochen und jeder Mut war aus seinem Wesen geflohen. Zumindest aktuell.

Langsam drehte sich Simon zu ihr um. Er war zornig. Sie spürte es, sie sah es und sie hörte es auch in seiner Stimme. »Wie kannst du es wagen?«, blaffte er sie an. »Wie kannst du dich erdreisten, mir zu sagen, dass es nicht um mich geht.« Seine Augen waren zu kleinen Schlitzen verkommen und durch diese Schlitze sah sie, dass sein Licht einen aggressiven Orangeton angenommen hatte. »Ich habe alles verloren.« Lina überkam Mitleid. Ihre Stimme wurde weicher und sie legte die Hand auf seinen Arm, um ihm wenigstens ein kleines bisschen Trost zu spenden. Er atmete laut hörbar aus. »Ich weiß, es scheint unmöglich, aber das ist es nicht. Wir haben die Chance bekommen, diese Leute zu retten. Wir dürfen sie nicht verstreichen lassen … Du weißt das.« Lina stand so nah an seinem Ohr, dass er nicht nur ihre Stimme hören konnte, sondern auch ihr Licht fühlte. Sie schloss die Augen, ließ es fließen, aus der inneren Quelle, die sie gerade entdeckt hatte, und es wurde mehr und floss. Auch Simon hatte seine Augen geschlossen und war ganz im Fühlen. Und als Lina erneut in seine Augen blickte, sah sie etwas Heilung. Es war nur ein Funke, wie ein mikroskopisch kleines Teilchen in seiner Iris, aber es war unbestreitbar da. Sie hatten Hoffnung.

KAPITEL 31

AUFBRUCH

Simon

»Versammelt euch!« Simon stieg auf die kleine Anhöhe in ihrer Haupthalle und verkündete die Zusammenkunft. Seine Stimme wollte ihm noch nicht so recht gehorchen. Zu tief und zu frisch waren die Wunden. Sie hatten sein Herz zerfetzt und nur noch ein Abklatsch seiner einstigen Stärke war zu spüren. Ganz und gar machtlos und kraftlos fühlte er sich. Nach all den Jahren des Lichts hatte die Dunkelheit ihn übermannt. Sie hatte ihn umgerissen und ihn ausgeweidet und nun hing sie bedeutungsschwer in der Luft und schien sich an seinem Leid zu erfreuen. Er hatte sich hinsetzen wollen und auf den Tod warten. Wäre sie nicht gewesen, er hätte es wahrscheinlich gemacht. Doch da stand sie. Die Schultern zurückgezogen. Der Blick klar und kämpferisch. Er wusste, er würde an ihrer Seite den Kampf bestreiten. Ihr Licht hatte ihn berührt und erfüllt und nur deswegen wusste er, dass die Dunkelheit, die über seinem Kopf schwebte, und auch die, die sein Herz umschlossen hatte, nicht unbesiegbar war. Sie hatte ihr Licht gefunden, trotz der widrigen Umstände ihrer Herkunft und ihrer schrecklichen Kindheit. Also konnte er seines auch wiederfinden. Schließlich wusste er wenigstens, dass es das Licht noch gab. Also straffte Simon seine Schultern und hob den Blick. Er konnte stark sein, wenn sie es konnte.

Er bemühte sich, seine Stimme fest und selbstbewusst klingen zu lassen. Alle Überlebenden hatten genauso viel ertragen müssen wie er selbst und sie verdienten einen starken Anführer. Er hatte sein ganzes Leben darauf hingearbeitet und er würde sie nicht enttäuschen. »Ihr Bürger des Lichts«, begann er seine Ansprache. »Die Dunkelheit hat zugeschlagen. Sie hat das Licht wachsen sehen und sah, wie es sich ausbreitete, und das Licht ist das Einzige, was die Dunkelheit zu fürchten hat. Wir sind das Licht und das Leben. Die Liebe und die Güte. All das sind die größten Feinde der Dunkelheit und ihres Steckenpferds, der Angst. Ihr wisst das. Ihr wisst, wie wertvoll und wie wichtig wir sind. Für diese Welt und jedes einzelne Lebewesen darauf. Es liegt an uns, ob die Sonne je wieder scheinen wird. Es liegt an uns, ob je wieder ein Kind lachen wird. Die Last liegt nun noch viel schwerer auf unseren Schultern, da wir nur noch so wenige sind.« Er sah in die blutverschmierten, schmutzigen Gesichter seiner Freunde, seiner Familie. Sie sahen so niedergeschlagen und so verzweifelt aus. In kaum noch einem Auge waren die Güte und das Licht zu sehen, die sie einst ausgemacht hatten. Doch das durfte nicht sein. Jetzt schon gar nicht mehr. Kallan durfte nicht gewinnen. Zu viel war geschehen, zu viele waren gestorben und zu sehr hatten alle gelitten. Es war nun seine Aufgabe, sie zu motivieren, ihnen einen kleinen Teil ihres Muts, ihrer Entschlossenheit und vor allem ihres Lichts wiederzugeben. »Aber es ist nicht aussichtslos«, fuhr er fort. »Es gibt Hoffnung. Wir alle sind stark. Stärker, als wir jemals gedacht hätten. Die Dunkelheit in Form von Kallans Kriegern hat uns übermannt. Hinterlistig und feige, wie die Dunkelheit und ihr Herrscher nun einmal sind, sind sie bei Nacht gekommen. Sie kamen, als wir schliefen. Sie schlichen sich in unser Zuhause und metzelten uns nieder.« Nun leuchteten Simons Augen in einem unfassbar kräftigen Orangeton. Von der Unsicherheit in seiner Stimme war nichts mehr zu bemerken. Sie klang fest und kräftig. Die letzten Sätze schrie er beinahe. »Doch wir leben noch!« Jetzt brüllte er die Worte von der kleinen Anhöhe, wie ein mächtiger, starker Löwe, der sein Rudel zum Kampf aufrief. Und viel anders war es auch nicht. »Wir sind noch da … Wir leuchten noch … Wir haben gesiegt.« Sein Gesicht schien hart und sein Blick war entschlossen.

Langsam kam Bewegung in die Menge. Die ersten Krieger rissen ihre Hände nach oben und befeuerten Simon mit Zustimmung. »Nun liegt es an uns, die Welt zu retten. Kallan hat uns geschwächt. Aber er hat auch sich selbst geschwächt. Er und die Seinen sind nun nahezu schutzlos.«

Simon sah in die Gesichter seiner Kompagnons. In vielen konnte er das Licht schon wieder sehen. Ihre Augen sahen die Hoffnung und so kehrte das Licht in sie zurück. »Wir warten schon so lange auf den richtigen Zeitpunkt, um der Welt die Erlösung und die Wahrheit zu bringen.« Jetzt schrie Simon aus den Tiefen seiner Seele, mit all seiner Überzeugung: »Nun ist er da, Freunde. Er ist da! Die Welt wird das Licht wieder sehen. Wir bringen es ihnen. Für alle, die gegangen sind, für all unsere Lieben, die gegangen sind. Nicht in zehn Jahren oder in zwei. Nicht in einer Woche oder morgen. Jetzt! JETZT!«

Jubel brach in der Menge aus und sie schrien: »Jetzt! Jetzt! Jetzt!« Der Tenor wurde lauter und auch Simon und Lina standen mit geballten Fäusten auf der Anhöhe. Eine Hand über ihren Herzen und die rechte Hand über ihren Köpfen und hoben sie im Takt der Schreie. Jeder Einzelne der Erleuchteten hob die Hand und stimmte in die Rufe mit ein. Nur ganz hinten stand eine mit gesenktem Blick und hängenden Schultern und kein Ton kam über ihre Lippen. Sabeena war zurück … Kurz blickte sie hoch und sie sah direkt in Simons Augen. Sie konnte die Fragen darin sehen, doch sie hatte nicht den Mut, sie zu beantworten. Also drehte sie sich abrupt um und lief in Richtung Ausgang.

KAPITEL 32

ZUSAMMENHALT

Lina

Die Menge jubelte. Alle, die noch da waren, waren ganz eindeutig auf ihrer Seite und ihr Licht begann langsam, wieder zu leuchten. Lina war unglaublich dankbar dafür. Simon hatte es geschafft, sie zu vereinen. Er hatte sie dazu gebracht, ihren Schmerz hintanzustellen, um wieder ins Fühlen zu kommen. Denn nur so konnte das Licht an die Oberfläche gelangen. Wenn die Ohnmacht ihren finsteren Schatten weich werden ließ und es durchließ. Lina war stolz auf Simon. Er hatte nicht nur sich selbst, sondern auch all die anderen aus der Dunkelheit befreit. Sie stand Seite an Seite mit ihm auf dem Hügel und sie genossen diesen Moment. Lina sah Simon von der Seite an und legte ihre Hand auf seine Schulter, als ihn plötzlich ein Zucken durchfuhr. Erst glaubte sie, er wäre unter ihrer Berührung erstarrt, doch dann riss es ihn herum. »Sabeena«, flüsterte er und sie folgte seinem Blick. Ganz hinten in der letzten Reihe entdeckte sie sie schließlich. Sie war kaum wahrnehmbar, kaum sichtbar. Die strahlende Kriegerin der Erleuchteten war nur noch ein Schatten. Ihr Kopf hing kraftlos nach vorne und auch ihre Schultern baumelten an ihr herab. Sie trug einen dunklen Tarnumhang und hatte die Kapuze tief ins Gesicht gezogen. Kaum hatte sie Simons Blick erwidert, machte sie auch schon am Absatz kehrt und rannte davon. Simon zögerte nicht lange, sondern lief ihr nach. Die Menge schien verwirrt und verloren. Auch wenn Lina nur zu gerne Simon und Sabeena gefolgt wäre, so fühlte sie doch, dass sie die Menschen jetzt nicht alleinlassen konnte. Es war zu frisch und zu früh und wenn sie nicht aufpasste, so würden sie alle in wenigen Augenblicken wieder ohne Licht und ohne Hoffnung dastehen. Also begann Lina, zu den Leuten zu sprechen.

Sie fühlte sich sichtlich nicht ganz wohl bei der Sache, schließlich war sie noch nicht lange Teil der Gemeinschaft, eine Außenseiterin sozusagen, auch wenn sie nie jemand auch nur im Entferntesten so behandelt hatte, ganz abgesehen von Sabeena natürlich. »Freunde«, begann sie und hatte sogleich die Aufmerksamkeit einiger weniger. Für den Rest würde sie die Stimme etwas mehr erheben müssen, das war ihr klar. »Freunde!«, rief sie also nun mit etwas mehr Nachdruck. »Simon klärt gerade noch etwas … Aber lasst uns nicht tatenlos hier stehen und warten. Jede Minute, die verstreicht, wird Kallan nutzen, um Soldaten um sich zu scharen. Geht in eure Hütten, packt nur das Nötigste und alles, was ihr an Waffen finden könnt. Sobald ihr so weit seid, versammelt euch am großen Tor.« Lina sah in die Gesichter der Menschen und freute sich über ihr zustimmendes Nicken. »Beeilt euch!«, rief sie noch einmal und schaute zu den Leuten, wie sie in alle Himmelsrichtungen davoneilten, um ihr Hab und Gut zu packen. Dann sah sie sich nach Simon um, konnte ihn aber nirgends entdecken. Also beschloss Lina, es den anderen Erleuchteten gleichzutun, und eilte zu ihrer Hütte. Sie packte schnell ihre paar wenigen Habseligkeiten zusammen und plötzlich war ihr wieder sehr schwer ums Herz. Sie dachte daran, dass sie erst vor nicht allzu langer Zeit hergekommen war und wie sie damals voller Erstaunen all die Wunder dieser unterirdischen Welt bewundert hatte.

Und jetzt waren diese Wunder zerstört. Und mit ihnen einige der besten Menschen, die diese Erde seit Langem gesehen hatte. Irgendwie wurde sie das Gefühl nicht los, dass diese Ereignisse etwas mit ihr und mit ihrem Eindringen in diese heile Welt zu tun hatten. Dieser Gedanke verursachte ihr mehr und mehr einen Kloß im Hals. »Verdammt!« Lina schluchzte auf und ließ sich auf die Kante ihres Betts fallen. Sie weinte bittere Tränen. Tränen, die sie besser zurückgehalten hätte. Schließlich fehlte ihr die Zeit dafür. Doch sie brachen aus ihr heraus, ließen sich nicht unterdrücken. So saß sie nun hier, sie, die sie die anderen, die weit mehr verloren hatten als sie, zur Eile angetrieben hatte, auf ihrem Bett und heulte wie ein kleines Kind.

Gerade als sie sich wieder ein bisschen gefangen hatte, wurde die Tür aufgestoßen und Simon stolperte in ihre Hütte. Und als sie ihn ansah, hätte sie gleich erneut losweinen können. Sein Licht, das eben auf der Bühne noch durch und durch gestrahlt hatte, wenn auch anders als zuvor, war nahezu erloschen. Sein ganzes Gesicht hatte eine zartgraue Farbe angenommen. In seinen Augen glänzten die Tränen, bereit, jeden Moment herauszuquellen. Alles an ihm war bedauernswert. Vor ihr sank er auf die Knie. Der abgenutzte, alte Holzboden gab ein verächtliches Knarren von sich. So, als würde er mit dem Menschen über ihm alle Hoffnung verlieren. So, als würde auch ihm jegliches Leben ausgesaugt. Augenblicklich begann auch Lina wieder, zu weinen, ihre Wangen waren ja noch nicht einmal getrocknet. Die tiefe Verbindung zwischen ihnen beiden hatte diese Prüfung wohl überstanden. Denn ihr Herz fühlte seinen Schmerz. Er war noch tiefer und noch weiter greifend als jener zuvor, auch wenn dieser schon kaum zu beschreiben gewesen war. »Was ist passiert?« Es war mehr ein Schluchzen als eine Frage. Doch Simon schien sie zu verstehen. »Sabeena…« Simons Lippen öffneten sich so gut wie gar nicht. Sie waren zu einem schmalen, kaum sichtbaren Schlitz zusammengepresst und ließen das Wort fast wie das Zischen einer Schlange klingen. »Was ist mit ihr? Ist sie auch verletzt?«

Lina wusste, dass Simon keinen Verlust mehr ertragen konnte. Sie hatte Angst, dass er völlig zerbrechen könnte. Sie spürte die Klippe des Abgrunds bereits ganz intensiv.

Sie war nah. »Nein.« Ruckartig riss Simon seinen Kopf nach oben und suchte das erste Mal, seit er die Hütte betreten hatte, ihren Blick. Er war so unsagbar verloren. Sie konnte Simon in all der Leere gar nicht mehr sehen. »Sie ist vor mir davongelaufen. Ich werde das dumpfe Gefühl nicht los, dass sie sehr viel mit alldem hier zu tun hat.« Lina war verwirrt.

KAPITEL 33

SIEGESLUST

Kallan

In seinem weißen Schloss in seinem dunklen Reich stand der finsterste aller Menschen an dem riesigen Fenster und sah zufrieden in die schmutzige, graue Welt, die er und seine Vorfahren erschaffen hatten. Seine stechend blauen Augen blitzten zufrieden auf, während er den Ausführungen seines ersten Generals lauschte. Dieser berichtete von einem Massaker mit vielen Verlusten auf beiden Seiten. Doch sein Herrscher hörte nur die Verluste der Gegner. Er wusste, dass die Kämpfer des Lichts diese Verluste ungleich schwerer treffen würden. Sie waren zu wenige, um noch Reserven zu haben. Sie hatten nur so lange überleben können, weil sie in ihrem unterirdischen Versteck geblieben waren, doch nun war es zerstört. Er brauchte nur noch auf das Eintreffen seiner Truppen aus dem Norden warten und sie zu ihnen schicken und der letzte Rest dieser Ratten wäre auch noch vernichtet. Fast seine ganze Regentschaft war er auf der Jagd gewesen nach dieser Bedrohung. Diese Rebellen, die nicht nur Licht predigten, sondern es auch noch in sich trugen. Eine Laune der Natur. Aber für die regierende Macht hatten sie eine nicht zu unterschätzende Gefahr dargestellt. Nun war sie gebannt.

Kallan verzog das Gesicht zu einem hinterlistigen, gemeinen Lächeln. Er drehte sich zu seinem Offizier Kenan um. Kurz zuckte er zusammen. Die Spuren des Kampfs waren doch offensichtlicher, als Kallan vermutet hatte. »Es war wirklich ein harter Kampf.« Der Krieger senkte seinen Kopf, als er die Verachtung seines Herrschers sah. »Wir haben uns nur zu dritt retten können.« »Das ist einerlei.« Die tiefe Stimme des Königs vibrierte bis in die letzte Ecke des Raums. »Wir waren siegreich.« Ein tiefes Knurren folgte. >Wie kannst du es wagen, so vor mich zu treten?« Kallan neigte seinen Kopf langsam zur Seite, was ihn noch bedrohlicher wirken ließ. »Du siehst aus wie ein geschlagener Straßenköter.« Mit bedächtigem Schritt ging er auf den Offizier zu, bis dieser seinen Atem spüren konnte. »Vor dem Ausbruch waren wir die Aussätzigen für Generationen. Wir haben eine Verantwortung. Unsere Vorfahren haben alles riskiert und dieses Reich aufgebaut. In unserer Verantwortung liegt auch die Würde. Findest du, dass du heute hier einen würdigen Eindruck machst?« Es war nur ein Flüstern, aber bedrohlicher als jeder Schrei. »Nein, Gebieter.« Die Antwort war auch nicht mehr als ein Flüstern. Alles andere wäre anmaßend gewesen. »Nun denn.« Der Monarch drehte sich mit einer wegweisenden Handbewegung zur Seite und ließ den Soldaten hinausbringen.

Macht war eine Bürde, aber eine sehr erfüllende, wie Kallan fand.

KAPITEL 34

NEUER TAG, NEUES LEBEN

Lina

Der Tag hatte noch nicht begonnen, als sie aufbrachen. Die Dunkelheit und die Düsterheit der Stimmung ließen Lina sofort an die Jahre an der Oberfläche denken. An die Antriebslosigkeit, die Lethargie und das tiefe, alles umhüllende Gefühl der Hoffnungslosigkeit. Ihr war schwer ums Herz. So schwer wie selten zuvor. In einer Reihe stellten sie sich auf, um zu flüchten. Um alles zu verlassen, was die meisten von ihnen je gekannt hatten. Ihr Heim, ihr Zuhause, ihr Leben und ihre Hoffnung. All das war kaputt und würde auch nicht wiederhergestellt werden können. Die Erleuchteten machten keinen sehr hellen Eindruck. Gebückt kamen sie die Wege entlang und versammelten sich zu einer überschaubaren Gruppe. Ihre bunten Kleider hatten sie gegen tristes, fades Gewand getauscht und sie hatten nur das Nötigste gepackt. Zumeist war es nicht mehr als Proviant. Was hätten sie auch groß mitnehmen sollen und wohin? Selten war ein Aufbruch so trostlos gewesen, dachte Lina bei sich und ermahnte sich selbst gleich. Sie musste zusehen, dass sie ihr Licht wieder entfachte. Und am besten gleich das der anderen mit. Ansonsten konnten sie sich gleich hier auf den Boden setzen und auf Kallans Soldaten und den sicheren Tod warten. Das Licht machte sie stark. Es war der einzige Vorteil, den Lina und ihre Mitstreiter hatten.

Simon schaute über die Menge. Er schien nachzusehen, ob alle versammelt waren. Dann richtete er sich auf. Man sah ihm die Mühe an, die es ihm bereitete, seine Schultern zu straffen und seinen Blick selbstbewusst wirken zu lassen. Wie unnatürlich das bei ihm wirkte. Sie hatte sich zeitlebens verstellt, doch das hatte Simon unter seinesgleichen nie gemusst. In diesem Augenblick verspürte sie unsagbares Mitleid für ihn. Wie ungleich schwerer musste es für die Bewohner der Stadt des Lichts sein, so vor ihrem eigenen Ruin zu stehen, als für sie, die sie ja ihr vorheriges Leben lang nichts anderes kannte.

Simon hob seine Hand. »Wir brechen auf!«, rief er und der Zug setzte sich in Bewegung. Voran gingen Simon und Lina und dahinter folgte in Reih und Glied der Rest der verdammten Erleuchteten. Sie boten bestimmt einen traurigen Anblick und Lina musste sich sammeln, um nicht auf der Stelle los zu weinen. Die Hoffnung durfte nicht sterben, sie musste leben und irgendwie wusste Lina, dass es auch an ihr war, sie aufrechtzuerhalten. So gingen sie zum Ausgang. Zu jenem Loch in der Erde, das für Lina der Beginn einer neuen Welt gewesen war und für die Erleuchteten nun das Ende ebendieser darstellte. Einer nach dem anderen zwängte sie sich durch und kroch in den stinkenden unterirdischen Gang, um in eine tiefere Dunkelheit zu gelangen, als sie sich die meisten dieser Menschen nur vorstellen konnten. Nach einer knappen Stunde erreichten sie den Ausgang des Tunnels. Noch vor einem Tag hätten sie wohl mehrere Stunden für ihren Übergang gebraucht. Nun war es egal. Die Stadt des Lichts war zerstört und das Geheimnis offenbart. Nun galt es, sich auf die Suche nach Verbündeten für einen offenen und wohl aussichtslosen Krieg zu machen. Sie mussten hoffen, dass die Verzweiflung größer war als die Angst. Und Kallan gab sein Bestes, um die Angst groß und allgegenwärtig zu halten. Simon ging voran. Er wusste zumindest, wo sie hinkonnten. Er war viel hier oben gewesen. Zum Kundschaften und um nützliche Gegenstände für die unterirdische Welt zu erschaffen. Es gab hier oben ein paar Menschen, die ihnen nicht allzu schlecht gesinnt waren. Dahin mussten sie gehen und um Zuflucht bitten. Das war ihre einzige Chance.

KAPITEL 35

IN VERBINDUNG MIT DEM LICHT

Lina

Es war so dunkel und so kalt, dass Lina sich augenblicklich zurückversetzt fühlte in ihre Kindheit und Jugend. In die Zeit, in der sie nichts wusste vom Licht. In diese Zeit, in der sie noch nie gesehen hatte, wie sich das Licht in einem kleinen, unscheinbaren Tautropfen brach und dieser zu einem funkelnden Diamanten mutierte. Zumindest in den Augen des Betrachters. Nun war sie rein äußerlich betrachtet noch mieser dran als damals. Damals hatte sie es nicht anders gekannt. Es war nun mal so. Und selbst wenn ihr Leben jeglicher Freude oder jeglichen Vergnügens entbehrte, hätte man doch behaupten können, dass sie in ihrer Mitte hätte sein können, weil man nicht vermissen konnte, was man nicht kannte. Doch es war anders. Lina war damals noch weit unglücklicher gewesen, weil sie spürte, dass da Unrecht war, und dennoch dachte sie, es stünde ihr nicht zu, so zu fühlen. Nun wusste sie es. Es stand ihr zu. Es stand jedem Menschen dieser Erde zu. Und selbst wenn der Kampf aussichtslos erschien, so konnten sie kämpfen.

Lina saß dicht gedrängt mit den anderen Erleuchteten am Boden des Verschlags. Gott sei Dank hatten sie ihn gefunden. Er bot ein Minimum an Schutz, aber er bot welchen. Und versteckt hatten sich die Erleuchteten weiß Gott lange genug. Sie verstanden es, ihre Spuren zu verwischen. Lina fühlte ihren Schmerz, sie fühlte Verzweiflung und sie fühlte Hoffnung. Diese Hoffnung wuchs nun wieder mit jeder Minute. Sie spürte, wie das Licht in ihr flackerte und wieder an Stärke gewann. Sie fühlte, wie es sich langsam ausbreitete und dabei Zentimeter um Zentimeter die Dunkelheit verschlang. In ihr formte sich eine Vision. Verpackt in ein einziges Wort brach sie aus ihr heraus, um sich unvermeidbar Gehör zu verschaffen: »VORWÄRTS!« Mehr schrie sie es, als sie es sagte, und erschrak dabei selbst über den stoischen Tonfall, den ihre Stimme auf einmal zustande brachte. Das Wimmern und Schluchzen um sie herum verstummten und jede Menge verweinte Augenpaare blickten sie verständnislos und leer an. Lina hob ihren Kopf und straffte ihre Schultern. Mit einem Ruck war sie auf den Beinen und fasst thronte sie über all den kauernden Gestalten. Ihr war klar, dass nicht wirklich sie es war, die sprach. Es war das Licht. Doch sie konnte und wollte sich nicht widersetzen. Sie spürte, dass es richtig war. Und sie fühlte die Wichtigkeit dieser Worte. Erlösung überkam sie und diese musste geteilt werden.

»Freunde!« Ihre Stimme war so kräftig und warm, wie sie es noch bei keinem Menschen je vernommen hatte, vor allem nicht bei ihr selbst. »Nun ist nicht mehr die Zeit, um zu ruhen.« Sie machte eine Pause. Jedoch nicht aus einem Zweifel heraus, sondern um ihre Worte wirken zu lassen. Damit sie den Weg fanden in das Innere ihrer Zuhörer, wo sie neuen Zündstoff boten für die winzigen flackernden Lichter der erleuchteten Seelen. »Wir haben uns gesammelt. Wir haben trainiert. Ihr viel härter und viel länger als ich. Wir haben unsere Kräfte wachsen lassen. Doch dann haben wir gezögert. Wir haben uns versteckt, statt das Licht nach außen zu lassen, es zu teilen. Also kam die Dunkelheit, um es sich zu holen. Um es auszulöschen und auch noch die kleinsten Funken zu ersticken. Und ja, fast hätte die Dunkelheit gesiegt. Doch sie waren schlampig. Denn die dunklen Krieger verstehen die Eigenschaften des Lichts nicht. Sie meinten, sie hätten das Licht besiegt, wenn die Dunkelheit überwiegt. Aber der kleinste Funke kann das Feuer erneut entflammen. Größer, heller, stärker als jemals zuvor.«

Lina sprach eindringlich und es war, als wären ihre Worte in Petroleum getunkt und die Flammen entzündeten den Raum. Nach und nach richteten sich die Erleuchteten auf. Die Stimmung veränderte sich so radikal, dass man es durch und durch fühlte. Die Augen der Menschen begannen wieder, zu leuchten. Es war ein wunderschöner Anblick. Einer der Letzten, die sich erhoben, war Simon. Er schien wie vom Donner gerührt und war so fasziniert von diesem Wesen, das in der Dunkelheit geschaffen wurde und doch mehr Licht in sich trug als jeder andere hier, dass er sich kaum bewegen konnte. Er stand direkt neben Lina und sah sie verwirrt an. Er räusperte sich und blickte auf seine Gefährten. »Es ist alles gesagt.« Er klang nicht so bestimmt, wie Lina es sich gewünscht hätte. »Nun sollen Taten folgen.« Er wendete sich wieder zu ihr und erteilte ihr damit das Wort. Lina war verwirrt. Sie konnte sehen, dass er ihren Vorschlag nicht missbilligte. Aber jeder Mensch in dem Verschlag schien mehr für die Idee zu brennen als Simon. Doch sollte er als ihr Anführer den Plan nicht am vehementesten unterstützen? Egal. Lina schloss die Augen und fühlte wieder in das Licht. Sie ließ es erneut sprechen. Weil sie selbst keine Ahnung hatte, was zu sagen war, aber sie spürte, dass ihr Licht es wusste.

»Nun.« Ihre Stimme war wieder so bestimmend und zugleich weich und warm wie zuvor. Lina war erstaunt. Sie fuhr fort. »Schließt die Augen. Fühlt das Licht. Schenkt ihm eure Beachtung, eure Aufmerksamkeit, euer Vertrauen. Eure Körper sind trainiert. Sie können kämpfen. Doch das Licht kennt den Plan.« Lina öffnete ihre zuvor geschlossenen Augen und sah sich um. Sie stand inmitten ihrer Mitstreiter. Allesamt hatten ihre Augen geschlossen und es war, als würden feinste Tücher aus Licht und Glanz über ihre Gesichter tanzen. Ein atemberaubend schöner Anblick. »Lasst es wachsen!«, forderte sie die Erleuchteten auf. »Denkt an die Liebe, fühlt sie. Seid dankbar für das Licht und es wird sich vermehren. Seht die neue Welt, die Welt des Lichts, in der die Schatten fort sind. Seht die Freiheit, die Freude, die Güte … Fühlt es in eurem Inneren. Es kann sein! Es ist bereits!« Lina genoss den Anblick der Leute um sie. Sie spürte das Licht und sah es gedeihen. »Öffnet die Augen.« Warme, leuchtende Blicke trafen nun den ihren. »Lasst uns gehen. Lasst uns die Dunkelheit vertreiben. Lange genug hat sie geherrscht. Nun soll sie weichen!« Sie sah die Zustimmung und sie wusste, sie hatten Chancen. Das Licht könnte siegen.

KAPITEL 36

MITTEN AUS DEM HERZEN

Simon

»Licht an.« Simon schloss seine Augen. Er wusste, es hatte nicht funktioniert. Er schaffte es einfach nicht und ihr Blick von der Seite verriet ihm, dass auch sie es wusste. Zwei Tage lebte er nun in der Dunkelheit und es schien kein Entrinnen zu geben. Gerade er, der er zum Erlöser einer ganzen Generation aufgebaut worden war, versagte nun kläglich. Er versagte auf so vielen Ebenen, dass es ihm vor lauter Angst die Luft abschnürte. Sein Leben lang war er ein Krieger des Lichts gewesen und eine Nacht der Dunkelheit raubte ihm sämtliche Hoffnung. Dabei sah er, dass es eine Chance gab. Er sah dieses Mädchen, sein Mädchen, geboren in die Finsternis und dennoch eine Quelle unerschöpflichen Lichts. Und dieses Licht wurde weitergegeben. Sie besaß tatsächlich die unfassbare Fertigkeit, das kläglich schimmernde Licht der verbliebenen

Bewohner ihrer erleuchteten Stadt neu zu entfachen. Er sah es lodern. In jedem Einzelnen von ihnen. Nur eben nicht in ihm. Wie bedauerlich, um nicht zu sagen peinlich. Dabei konzentrierte er sich wirklich und mühte sich ab. All die Sprüche und Formeln, die sie als Kinder zur Stärkung ihres Lichts gelernt hatten, betete er sich vor. Doch nichts geschah. Es war, als hätte sich ein übermächtiger grauer Schatten über sein Licht gelegt. Ein dunkler Vorhang aus Bitterkeit und Groll. Und je mehr er sich abmühte, ihn wegzuschieben und ihn nicht da sein zu lassen, desto schwerer und dichter schien er zu werden. Es war zum Verzweifeln. Dabei wusste er es doch so genau. Dunkle Gefühle schwächten das Licht. Aber sie gingen einfach nicht weg und so konnte er nicht strahlen. Er konnte nur mit Worten seine nicht vorhandene Sicherheit bekräftigen. Und zumindest das musste er tun. Lina brauchte seine Unterstützung, wenn auch weit weniger, als er es sich eingestehen wollte.

Es war eine eigenwillige Stimmung in dem kleinen Schuppen entstanden. Knisternde Lichtblitze erhellten immer wieder die sonst dunkle Luft. Solche Magie hatte er selten gesehen und ihm war klar, dass dieser Zauber nicht lange anhalten würde. Sie mussten ihn nutzen und noch in dieser Nacht den Angriff starten. Doch wo sollten sie beginnen? Keiner von ihnen hatte je die Paläste Kallans von innen gesehen. Es gab Gerüchte um Höhlen und Tunnel aus längst vergangenen Tagen, doch ohne genaue Pläne oder jemanden, der die Gänge kannte, war es nahezu Selbstmord, sich dahin zu begeben, wo sie vermutet wurden. Zu groß war die Gefahr, dass sie in eine Falle tappten. Blindlings draufloslaufen war also keine Option … Plötzlich bewegte sich das Tor des Schuppens. Die Lichter erloschen, die Köpfe drehten sich kollektiv in die Richtung, aus der das Geräusch vernommen wurde. Die Tür öffnete sich und vor ihnen stand eine gebückte Gestalt in einem mausgrauen Umhang, die Kapuze tief ins Gesicht gezogen und den Kopf gesenkt. Gebannt starrten sie alle auf den ungebetenen Gast. War es einer von Kallans Anhängern? Würde die Tür gleich noch mehr von ihnen einlassen? Waren sie verraten worden? Spannung lag in der Luft und man konnte beobachten, wie ein Erleuchteter nach dem anderen in Kampfposition ging. Wie im Zeitlupentempo hob der Eindringling gleichzeitig den Kopf und die Hände an die Seiten der Kapuze und zog diese zurück. Ein Raunen erfüllte den Schuppen, als endlich das Gesicht des Besuchers offenbart wurde. Es war Sabeena. Sie war zurückgekehrt und niemand wusste, was ihre Absicht war. Die Bewohner der verlorenen Stadt des Lichts schienen ihr nicht gerade wohlgesonnen zu sein. Genau wie Simon schienen sie mit sich zu kämpfen, ob ihr die Chance einer Erklärung zustünde.

Nach einigen Augenblicken des Zögerns gab Simon sich einen Ruck. Sie war schließlich eine von ihnen. Er kannte sie, seit sie ein Säugling war. Langsam, aber bestimmt ging er auf Sabeena zu. Er bot ihr seinen Arm zum Gruß an, wie es bei ihnen immer schon Tradition war. Zum ersten Mal war eine Emotion von Sabeenas Gesicht abzulesen. Sie schien erleichtert, als sie Simons Arm nahm und etwas zu enthusiastisch drückte. Beide sahen sich in die Augen und nickten sich zu. »Lass uns reden«, brach Simon das Schweigen. »Ich glaube, wir haben viel zu besprechen.« Aus dem Augenwinkel sah Simon, dass Lina ungeduldig von einem Bein auf das andere trat. Ihm war klar, dass sie aufbrechen sollten. Auch, dass sie, je länger sie verweilten, Chancen auf einen Überraschungseffekt einbüßten. Aber irgendetwas sagte ihm, dass er Sabeena anhören sollte. Es war wichtig für die Mission. Dessen war er sich gewiss. Und so zogen sie sich in eine stillere Ecke des Schuppens zurück. Er sah Sabeena auffordernd an und schon begann es, aus ihr herauszusprudeln wie aus einer lang verborgenen Quelle. Sie sprach und weinte, flehte und bat und hinterließ Wut, Staunen und Unverständnis.

Simon traute seinen Ohren kaum. Sabeenas Geschichte war zu unfassbar, als dass sie sie sich ausdenken hätte können. Der Schock über das Gehörte ließ Simon taumeln. Er konnte plötzlich keinen klaren Gedanken mehr fassen. »Es ist ihre Schuld!« Er hörte das Gewimmer, das sie von sich gab, nicht mehr. Vergaß jeden Plan, jedes Vorhaben, jeden guten Vorsatz. »Es ist ihre Schuld!« Die Stimme in seinem Kopf wurde immer lauter und lauter. Sie übertönte alles. Sie legte einen Schleier über seine Augen, sodass er Sabeenas Zusammenbruch nicht sah. Er sah nicht, wie sich die anderen um sie versammelten. Die Stimme war lauter als jene, die dicht an seinem Ohr etwas flüsterte. Sie war stark und fest und bestimmt. »SIE IST SCHULD!«, schrie sie. Zorn übermannte ihn. Es zog ihn hinab in die dunklen Gefilde des Hasses. Seine Gesichtszüge waren wie versteinert und er presste seine Lippen so fest zusammen, dass sie nicht mehr zu sehen waren. Simon war außer sich. Sie hatte alles gehabt. Ihr Leben war privilegiert gewesen und sie war behütet in ihrer Mitte aufgewachsen. Seine Familie hatte sie beschützt, sie genährt, sie geliebt und gepflegt. Seine Mutter war auch ihr wie eine Mutter gewesen. Und nun war sie tot. Ermordet. Verblutet am Boden liegend. Und es war ihre Schuld. Ihre Schuld ganz allein. Der Hass schien aus seinen Augen zu flammen. Es gab kein Entrinnen. Jemand zerrte an seinem Arm, eine Hand lag auf seinem Gesicht, strich über seine Wange. Doch Simon war wie in Trance. Er konnte nichts anderes sehen oder fühlen oder hören. »ES IST IHRE SCHULD!«

KAPITEL 37

FÜR DIE LEISEN REBELLEN

Lina

Ganz nah waren Linas Lippen an Simons Ohr. Erst hatte sie nur geflüstert. Leise und bestimmt hatte sie ihm zugeraunt, dass er an das Licht und die Liebe denken sollte. Dass er nicht vergessen durfte, wofür ihre Gemeinschaft stand. Doch Simon zeigte keine Reaktion. Er wollte sie nicht verstehen, wollte sie nicht hören. Es wirkte, als tobte in ihm ein riesiger Sturm, der alles mit sich riss und nichts als Hass und Verwüstung hinterließ. Die Winde bliesen jedes Licht in seiner Seele aus und übrig blieb eine ätzende Glut. Lina war lauter geworden. Hielt seine Wange fest und versuchte, sein Gesicht zu sich zu drehen. Sie glaubte, es würde helfen, wenn er sie nur ansah. Doch es war, als wäre sie nicht da. So, als würden weder sie noch ihre

Bemühungen für ihn existieren. Es war ganz fürchterlich. Sie konnte nicht zu ihm durchdringen. Sie sah den versteinerten Ausdruck auf seinem Gesicht. Die Lippen waren zu einer schmalen Linie zusammengepresst und in seinen Augen ließen sich auch mit viel Mühe keine Güte, keine Liebe und schon gar kein Leuchten mehr finden. Lina war verzweifelt.

Vor Simon saß Sabeena, zusammengekauert wie ein geschlagener Hund. Sie schluchzte laut und markerschütternd vor sich hin. Lina hatte nicht die Spur einer Ahnung, was sie Simon gesagt hatte. Sie hatten sich in diese Ecke zurückgezogen und geflüstert. Erst als sie die Aggressivität von Simon wahrgenommen hatte, war sie zu ihnen gekommen. Es musste etwas ganz und gar Schreckliches gewesen sein, das sie ihm offenbart hatte. Lina hatte das Gefühl, ihr Herz würde brechen, wenn sie Simon so sah. Das Schlimme war: Sie hatten keine Zeit, darüber zu reden. Sie mussten jetzt aufbrechen. Zu viel stand auf dem Spiel. Sie konnten nicht mehr warten. Nicht auszudenken, was passieren würde, wenn Kallans Truppen aus den Außenrevieren zurückkehrten und sein Heer wieder zur vollen Stärke anwuchs, bevor sie es schafften, ihn zu überwältigen. Niemand von ihnen würde dieses Szenario überleben. Und wenn doch, dann würden die Qualen, die sie zu erleiden hätten, mit Sicherheit schlimmer als der Tod sein. So blieb ihnen nur die Flucht nach vorne und sie musste Simon dazu bringen, ihr zuzuhören.

Kurz schloss Lina ihre Augen, um sich zu sammeln, das Licht zu bündeln. Sie hatte gelernt, das zu tun, um mehr Kraft in ihre Handlungen zu bringen. Ihr Griff auf seine Wange wurde fester und ihre Stimme hatte eine stark vibrierende Tonlage angenommen, als sie die Augen wieder öffnete und laut »SIMON!« rief. Wie ein Blitz fuhr ihr Licht durch den dunklen Raum und erhellte jede schmutzige Ecke. Endlich erwachte auch Simon aus seiner Trance und starrte sie erstaunt an. »Gott sei Dank, du bist noch da!«, rief sie erleichtert aus. »Ich dachte schon, der Hass hätte dich aufgefressen.« Beschämt sah Simon zu Boden. Er schien zu wissen, dass er zu weit gegangen war, in seiner blinden Wut. »Entschuldige«, brachte er hervor, doch das klang völlig anders, als man es von einem starken, selbstbewussten Anführer erwarten würde. »Es ist egal.« Linas Stimme war nun wieder weich, warm und sanft. Sie trat noch ein wenig näher an Simon heran. Mit beiden Händen umschloss sie sein Gesicht und sah ihm tief in die Augen. Sie hoffte, ihr Licht würde ihm Heilung bringen. Oder zumindest ein bisschen Erleichterung für ihn bereithalten. »Wir müssen gehen.« »Du hast recht«, erwiderte Simon nun gestärkt. »Wir brechen auf!«, rief er mit fester Stimme und drehte sich um in Richtung Tür.

»Wartet!« Hinter ihnen erhob sich Sabeena. »WAS?« Simon fuhr herum und stampfte mit der Intensität eines wild gewordenen Stiers auf das Mädchen zu. »Du wagst es …« Er stand nun so knapp vor ihr, dass sich ihre Gesichter beinahe berührten. »Ich kenne einen Weg.« Ihre Stimme war dünn und abgehackt, aber dennoch im ganzen Schuppen eindeutig zu hören. Man sah ihr die Unsicherheit an, aber da war noch etwas anderes in ihrem

Blick. Lina sah Hoffnung und auch ein kleines bisschen Erlösung in ihren Augen. Und wenn man genau hinsah, dann konnte man die Frau erahnen, die Sabeena gewesen war und wieder sein konnte. Da waren Mut und Stolz in ihren Augen, wenn auch versteckt hinter dem Schatten der Schuld. Lina war sich sogar sicher, noch ein Flackern ihres einst so mächtigen Lichts erkennen zu können. Deshalb drehte sie sich um und ging auf Sabeena zu. Sie legte ihre Hände auf ihre Oberarme. »Du kennst den Weg.« Lina bemühte sich, ihre Stimme so sanft wie möglich klingen zu lassen, auch wenn sie um den tiefen Verrat Sabeenas wusste. Irgendetwas in ihr wusste einfach, dass sie ihr nun vertrauen konnten. Sie hatte das Gefühl, dass die Rettung in Sabeena verborgen sein könnte. »Ja.« Sabeena richtete sich auf und zog die Schultern nach hinten. Sie rang um ihre Fassung und gewann. Ihre Gesichtszüge wurden wieder fester, bestimmter. »Es gibt ein unterirdisches Höhlensystem. Es ist jetzt gerade nicht bewacht. Ich war dort. Ich habe nachgesehen. Wir können da unentdeckt rein.« Ihre Stimme überschlug sich geradezu. Sie wusste, dass dies ihre Chance war, es zumindest ein bisschen gutzumachen. Ihr war klar, dass sich ihre Taten noch nach Jahren auf ihrem Rücken breitmachen würden und dass weder die anderen noch sie selbst ihr vergeben können würden. Aber durch die Rettung der Verbliebenen würde es leichter werden.

Hektisch sah sie sich um. Sie sah in die Gesichter ihrer Freunde und Weggefährten. All jener, die noch übrig waren. Sie fand beinahe nur Misstrauen. Bei allen bis auf ein Gesicht. Ausgerechnet jenes, das ihr am wenigsten vertraut war und das sie so gehasst hatte, blickte sie freundlich und aufmerksam, ja fast aufmunternd an. Sogar die Spur eines Lächelns umspielte ihre Lippen, als dieses verhasste Mädchen sagte: »Danke, Sabeena! Du bist unsere Chance. Was sagt ihr?« Sie kehrte sich zu den anderen Erleuchteten um. »Was sagt ihr?«, rief sie nun mit imposanter, kräftiger Stimme. »Das ist unsere Chance! Holen wir uns die Welt zurück? Bringen wir das Licht wieder? Wollen wir LEBEN?« Die anfängliche Skepsis wich Begeisterung und es scherte niemanden mehr, ob sie gehört wurden. Laute Schlachtrufe schallten aus dem kleinen, versteckten Schuppen und läuteten eine neue Ära ein. Die Erleuchteten versteckten sich nicht mehr!

KAPITEL 38

UNTER DEN FÜSSEN

Simon

Erneut waren sie abgetaucht und bewegten sich lautlos unter den Füßen ihrer Feinde. Erneut konnte sie niemand sehen, niemand entdecken. Erneut schlichen und krochen sie in Höhlen umher. Vieles war genauso wie in den vergangenen Jahrzehnten und doch war alles anders. Sie waren nun nicht mehr auf der Flucht. Sie versteckten sich zwar, aber dieses Mal waren sie zum Angriff gekommen. Es fühlte sich ungewohnt an und Simon fragte sich während der gesamten Zeit mehr als einmal, was zur Hölle sie da trieben. Sie hatten kaum Chancen auf einen Sieg, wenn man ehrlich war, und trotzdem sollte es auch ihre letzte Reise sein. Es war erbauend, nicht mehr auf der Flucht zu sein. Jetzt trieb sie der Mut, wenn auch gepaart mit Verzweiflung, und nicht mehr die Angst. Denn was sollten sie noch fürchten?

Sabeena kroch voran. Dieses Miststück erwies sich doch noch als nützlich. Aber Simon konnte sie nicht ansehen. Er hasste sie. Jede einzelne Zelle ihres makellosen Körpers war ihm zuwider. Wenn das hier vorbei war und sie beide noch lebten, würde er sich an ihr rächen. So viel war gewiss. Er würde ihr unsägliche Schmerzen zufügen und sie alles erleiden lassen, was irgendeiner der von ihr verratenen Erleuchteten erdulden musste. Ein gehässiges Lächeln umspielte seine Lippen, während er auf allen vieren durch eine ekelhafte Lache kroch. Es stank nach menschlichen Exkrementen. Der beißende Geruch brannte geradezu auf den Schleimhäuten und Simon hoffte, dass sie sich nicht mit irgendeiner vernichtenden Krankheit infizierten. Doch dann fiel ihm ein, dass das auch egal wäre, sie würden den Ausbruch wahrscheinlich nicht mehr erleben.

Komischerweise gefiel ihm der Gedanke. Sein Leben lang hatte er alles, was er hatte, beschützt. So vieles lag in seiner Verantwortung. Nun gab es nichts mehr zu schützen. Da war nichts mehr, was seiner Verteidigung bedurfte. Nichts mehr außer sein eigenes Leben und das seiner Mitreisenden. Und das schien ihm einigermaßen überschaubar zu sein, verglichen mit der erdrückenden Last, eine ganze Parallelwelt schützen zu müssen, wie er es sein Leben lang getan hatte.

Und so liefen sie durch die Kanalisation Minats auf ihrem Rachefeldzug und Simon war voller Blutdurst. Vor ihm eine Verräterin, hinter ihm seine große Liebe und alle verbliebenen Kämpfer des einstigen unterirdischen Reichs. Sie waren stark und gerade Lina schien über sich hinauszuwachsen. Ihr Licht strahlte heller denn je und ein Stück weit leuchtete es sogar voraus und machte ihnen die Reise einfacher. Auch wenn es oft besser gewesen wäre, nicht zu sehen, wodurch sie gerade robbten. Sie kamen durch enge Passagen und größere Höhlen, mussten sich an unzähligen Gabelungen entscheiden, doch Sabeena lief an jeder Kreuzung so zielstrebig voraus, dass es kaum Anlass zum Zweifeln gab. Sie schien sich den Weg wirklich gut eingeprägt zu haben. Diese verräterische Made. Sie mussten schon Stunden unterwegs sein. Die Nässe und die Kälte machten ihnen allen zu schaffen. Es war die Art von Kälte, die man nicht bloß spürte. Sie kroch in das Innere des Körpers und setzte sich da fest. Sie wurde ein Teil von ihm und ging nicht mehr weg.

Plötzlich hob Sabeena die Hand. Der Konvoi stoppte abrupt. Man konnte Stimmen aus der Ferne hören. Die Laute hallten und durch die gedämpfte Akustik in den Höhlen war nicht auszumachen, wie weit entfernt sie sich befanden. In den Jahren des Trainings hatten die Erleuchteten gelernt, lautlos mit Zeichen in relativer Dunkelheit zu kommunizieren. Sabeena drehte sich zu Simon um. Auf seinem Oberarm tippte sie mit Fingerspitzen, Faust und flacher Hand das Zeichen für Auskundschaften unbekannten Terrains. Ihm graute vor der Berührung der verräterischen Schwester und dennoch war es die einzige Möglichkeit, zu kommunizieren, ohne Aufmerksamkeit zu erwecken. Er bedeutete, dass er sie verstanden hatte, und drehte sich um zu Lina. Sie verstand die Zeichen leider nicht so gut. Sie hatte sie nur schemenhaft gelernt in ihrer kurzen Zeit in der erleuchteten Stadt. Also fasste er sie an der Hand und versuchte, ihr den Plan zu erklären. Fragend sah sie ihn an. Kurz überlegte er, ihn ihr ins Ohr zu flüstern. Doch die verräterische Akustik in den unterirdischen Gängen hätte sie wahrscheinlich verraten. Also hielt er ihre Hand, schloss die Augen und dachte ganz intensiv an den Vorstoß von einigen Kriegern, um die Lage zu sondieren. Er wusste, dass diese Gedankenübertragung bei Erleuchteten funktionieren konnte. Aber sie klappte nur, wenn eine besondere Verbindung zwischen den beiden Menschen da war, und das war äußerst selten der Fall. Manche Erleuchteten hatten die Gabe, so wie seine Mutter sie gehabt hatte. Allerdings konnte auch sie nur mit einigen wenigen Vertrauten auf diese Weise kommunizieren. Also bemühte Simon sich und hoffte. Der ganze Prozess dauerte nur einige Sekunden. Doch als Simon aufsah und in Linas leuchtende Augen blickte, wusste er, dass sie ihn gehört und verstanden hatte. Sein Herz hüpfte kurz. Trotz der widrigen Umstände hatte er ein Geschenk erhalten, das die meisten Menschen ihr Leben lang nicht erfuhren. Tiefe, echte Verbindung und gegenseitiges Verständnis. Das war wundervoll. Es blieb nur keine Zeit, es zu würdigen.

Simon drückte kurz Linas Hand und wandte sich weiter zu den beiden stärksten verbliebenen Kriegern, um ihnen Sabeenas Botschaft zu übermitteln. Sie nickten. Und so machte sich die kleine Truppe auf den Weg, während sich die restlichen Überlebenden in dem Gang dicht an die feuchten Wände pressten und lautlos auf ihr Schicksal warteten. Sie schlichen voran. Lautlos und leichtfüßig.

Kein Knacksen, kein Poltern, nicht die kleinste Spur eines Geräuschs hätte die Krieger des Lichts verraten können. Es hatte etwas Geheimnisvolles, Mystisches, wie sie dahinglitten mit ihren leuchtenden Augen und ihrer strahlenden Haut. Inmitten all dieser Dunkelheit schien ihr Anblick absolut unwirklich, wie eine Vision. Und so waren auch die beiden Soldaten Kallans wie erstarrt, als die Krieger des Lichts heranstürmten. Als sie wieder reagieren konnten und sich aus ihrer Starre lösten, war es schon zu spät. Simon, Lina und die anderen fegten geradezu über sie hinweg und hinterließen nichts als blutüberströmte Körper. Was den erleuchteten Kriegern allerdings einen Grund zur Beunruhigung gab, war, dass sie den Schacht von der Kanalisation ins Schloss sicherten. Kallan war also nicht so zuversichtlich und siegessicher, wie sie gedacht hatten. Das bedeutete, dass er trotz allem seine Vorsichtsmaßnahmen nicht vernachlässigte und es sehr schwierig werden würde, ihre Pläne zu verwirklichen…

KAPITEL 39

DAS LICHT ENTFACHT

Lina

Manchmal wenn man in einer herausfordernden Situation war, konnte es sein, dass sich die Wahrnehmung aus dem Körper verabschiedete. Dass sie außerhalb des Körpers Platz nahm, um die Geschehnisse zu beobachten, sie zu sortieren und neu einzuordnen. Die Verbindung mit dem Licht war unsichtbar. Und dennoch war ihre Existenz unbestreitbar. Kaum etwas in Linas Leben war so real gewesen. Es gab eine Quelle, einen Ursprung, mit dem man sich verbinden konnte, um das Licht in sich zu stärken. Instinktiv wusste Lina nun, dass sie hierzu nach innen gehen und ihr Herz so weit wie möglich öffnen musste, um die Verbindung aufzubauen und das Licht zu kanalisieren. Und so stand sie nun vor dem Schacht, der in Kallans Schloss führte, und war wie erstarrt. Sie hatte die Augen geschlossen. Jeder Muskel ihres Körpers war angespannt, die Schultern zurückgezogen, das Kinn erhoben. Sie wirkte wie eine perfekte Statue, in den Händen die beiden Kurzschwerter, die die Erleuchteten als die perfekten Waffen für sie auserkoren hatten. Leicht und schnell waren sie und dennoch tödlich.

Lina spürte, wie sich das Licht in ihr sammelte. Es war eines der schönsten Gefühle, die sie jemals gehabt hatte. Sogar hier, in dieser feuchten, dunklen Höhle, in der es nach Exkrementen roch und die nasskalte Luft in die Knochen kroch. Es kribbelte und tanzte in ihr, bäumte sich auf und wuchs heran. Schließlich erfüllte es jeden Zentimeter ihres Seins und zeigte sich im Außen durch ein wundervolles Schimmern ihrer Haut und ein alles durchdringendes Leuchten in ihren Augen. Sie schlug die Lider hoch und war bereit. Sie sah sich um und in den angsterfüllten Gesichtern ihrer Mitstreiter erkannte sie sofort, dass sie die Einzige war, die bereit war. Auch in Simons Gesicht ließ sich nicht ein Hauch von Zuversicht finden. Sie sah zwar keine Angst, aber da war etwas anderes, das sein Licht daran hinderte, in seine volle Größe zu kommen. Sie glaubte, den Hass sehen und spüren zu können. Das war gefährlich. Licht konnte in der Gegenwart von Hass kaum gedeihen. Und in diesem Moment brauchten sie jeden Funken davon, um nicht unterzugehen.

Tatsächlich wusste Lina, dass sie das Ruder herumreißen musste. Sie musste Simons Hass besiegen und ihn zu genau diesem Pfad zurückführen, den er schon so lange gegangen war und auf dem sie gerade erst zu wandern begonnen hatte. Sie trat ganz nah an ihn heran. Simon hatte sich ganz nah an das Tor des Schachts gestellt, um zu hören, was dahinter vor sich ging. Lina legte Simon die Hand auf den Oberarm. Nach der Erfahrung in den Gängen wusste sie, dass sie nicht sprechen mussten, um einander zu verstehen. Simon spannte den Oberarm an, er konzentrierte sich auf sie, das fühlte Lina ganz deutlich. Also legte sie den Kopf an Simons Schulter und sprach mit ihm. Nicht mit ihrem Mund, sondern nur mit ihren Gedanken. »Lass es los«, sendete sie ihm. »Du musst die Zweifel und den Verrat gehen lassen.« Sie spürte, dass er sie verstand, aber auch, dass er sich sehr schwertat. Es war nicht verwunderlich. So nah war all das. So kurz hatte die Zeit, um die Wunden heilen zu können. Aber mehr Zeit hatten sie ganz einfach nicht. Es musste jetzt passieren. Er musste jetzt vergeben und loslassen. Das Licht hatte sonst keinerlei Chancen, seine Kraft wirken zu lassen. Und ohne die Macht und die Kraft des Lichts waren sie einfach nichts weiter als ein paar Spinner, die meinten, gegen die Macht eines jahrhundertelang existierenden Regimes aufbegehren zu können. Sie waren verloren ohne das Licht. Also war es jetzt gerade nicht relevant, wie nah der Schmerz noch war, wie frisch und wie tief. Es war eine Entscheidung. Und sie musste sofort getroffen werden. »Denk an die Erlösung«, ließ Lina durch ihre Gedanken fließen. »Denk an all das, was gewonnen werden kann. Lass das Licht siegen. Mach dein Herz wieder auf.« Sie spürte, dass es wirkte. Sie konnte ihre Freude kaum im Zaum halten. Sie fühlte, wie Simons Licht wuchs. Als sie den Blick nach oben wandte, konnte sie es auch sehen. Sie sah seine Augen leuchten. In genau diesem wundervoll intensiven Grün, das sie so unwiderstehlich machte. Und mit seiner Wandlung passierte auch etwas mit ihren Gefährten. Man sah ihnen den neuen Mut an. Sie waren bereit. Sie waren allesamt bereit, in den schwersten Kampf ihres Lebens zu ziehen. Ihre Gedanken waren bei dem, was es zu gewinnen galt, und nicht bei dem, was verloren werden konnte. Das machte sie unfassbar stark.

Sabeena, die immer noch die Einzige war, die sich in den Gängen zurechtfand, rannte zurück, um den Rest der kampferprobten Erleuchteten zu holen, während Lina und Simon die Taktik bedachten. Sie würden einen lautlosen Kampf führen. Ihr Vorteil würde im Überraschungsmoment liegen. Auch wenn Kallan anscheinend einen Angriff ihrerseits nicht vollständig ausschloss. Als die anderen zurückkamen, stand der Plan. Neunzehn Kämpfer waren angetreten, um die Welt zu retten. Neunzehn Kämpfer gegen ein Heer. Aber in ihnen wohnte das Licht und das war eine nicht zu verachtende Gabe. Sie kamen in einem kleinen Kreis zusammen. Hockten sich ganz tief auf den Boden, um den Schall nach unten zu leiten. Unter keinen Umständen durfte sie jetzt jemand hören und entdecken. Sabeena zeichnete mit ihren Fingern einen behelfsmäßigen Plan auf den schmutzigen Boden und beschrieb mit kaum wahrnehmbarer Stimme den Weg zu Kallans Regierungszimmer. Sie hofften, ihn dort zu finden und zu überwältigen, ihn gefangen zu nehmen und sein Heer damit zur Aufgabe zu zwingen. Kallan hatte keine Kinder. Seine

Nachfolge war ungeklärt. Kallans Untergebene waren ihrer Meinung nach sehr loyal und er war der einzige legitimierte Herrscher. Sie würden nichts riskieren und ihre Bedingungen erfüllen, dessen waren sie sich sicher. Um den Plan aufgehen zu lassen, mussten sie es also nur schaffen, Kallans aktuelle Wachen zu überwältigen, was eine nicht zu unterschätzende Aufgabe darstellte.

KAPITEL 40

LICHTBLITZE

Lina

Die Krieger standen nun vor den Toren zu Kallans Regierungszimmer. Sie hatten sich ihren Weg an den Wachen vorbei gebahnt. Lautlos und unbemerkt. Ein gutes Dutzend Wachen lagen nun auf den Böden von Kallans Palast verteilt. Kallan dürfte die Möglichkeit eines Angriffs wohl nicht völlig ausgeschlossen haben. Aber gerechnet hatte er gewiss nicht damit. Dafür waren es zu wenige gewesen. Nun rückten die Krieger des Lichts zusammen, Arm an Arm, Kopf an Kopf, um sich wieder aufzuladen und gegenseitig zu stärken. Hier, inmitten des prachtvollen Gebäudes aus weißem Marmor, wirkten die dunkel gekleideten, schmutzigen Kämpfer wie Schandflecken. Sie passten so überhaupt nicht in diese elegante, steril wirkende Umgebung. Die meterhohe weiße Tür erinnerte eher an einen Torbogen mit kunstvoll gearbeiteten barocken Verzierungen. Lina war fast beeindruckt von all dieser Schönheit, doch dann fiel ihr wieder ein, auf wessen Rücken all dies erbaut worden war. Wie viel Blut, Tränen und Verzweiflung es gekostet hatte, diesen Prunk zu errichten, und ihre Bewunderung schlug in Wut um. Lina schloss noch einmal die Augen. Die Wut musste gefühlt und losgelassen werden, um ihr Licht nicht in seiner Kraft zu blockieren. Inzwischen hatte Lina eine gewisse Routine darin entwickelt und gelernt, solche Gefühle schnell wieder zu verarbeiten, damit sie keinen Schaden in ihr anrichten konnten. Eine Gabe, die sie nur zu gerne weitergegeben hätte, denn wenn sie den Blick auf Simon richtete, der zu ihrer rechten Seite stand, sah sie auch in ihm die Wut wieder hochlodern.

Das war gefährlich, doch nun nicht mehr zu ändern. Denn noch während Lina in Gedanken war, stießen ihre Mitstreiter die Tür des Regierungszimmers auf und stürmten hinein. Lina stockte der Atem. Es waren sicher dreißig Dragoons, die sich sofort rund um ihren Herrscher formierten. Eine nahezu undurchdringliche Mauer aus Kriegsmaschinen, die jeglicher Menschlichkeit entbehrten. In der Mitte dieses Halbkreises saß der König des dunklen Reichs, der seinem Ruf alle Ehre machte. Lina kannte sein Gesicht von den diversen Kundmachungen, die im Reich immer wieder verteilt wurden. Darauf war immer vorne sein Gesicht abgebildet. Schon dieses Abbild war beängstigend, doch es war nicht einmal annähernd so verschreckend, wie das allmächtige Böse in seiner wahren, leibhaftigen Gestalt zu sehen. Allein sein Anblick ließ Lina das Blut in den Adern gefrieren und sie hatte das Gefühl, seine kalte, dunkle Macht geradezu zu spüren. Er saß auf einem prachtvoll verzierten, riesigen Thron aus weißem Marmor und überragte seine Verteidiger um mindestens einen Kopf. Sein Blick war kalt und durchdringend. Lina fühlte ihn in jeder Faser ihres Körpers. Er kroch in ihre Knochen, ganz so wie zuvor die nasse Kälte in den Gängen der Katakomben. Er ließ sie erschaudern und trieb ihr die Gänsehaut über ihren kompletten Körper.

Die Krieger des Lichts nahmen ihre Angriffsposition ein, als eine tiefe, unheimliche Stimme den Raum erfüllte. »Sieh an!« Die Spannung im Raum schien unerträglich. »Das ist also der letzte kümmerliche Rest der berühmt-berüchtigten Krieger des Lichts.« Kallan schien amüsiert. Sein Mund verzog sich in eine grotesk anmutende Position und ein polterndes Lachen ertönte im Raum. Es machte Linas Gefährten unruhig. Sie fingen an, kleine Bewegungen zu machen und ihre Formation ein bisschen schwächer zu machen. »Ihr seid also doch nichts weiter als eine lächerliche Legende und überraschend leicht zu töten«, spuckte Kallan auf die Erleuchteten hinab. Die Nervosität unter den Erleuchteten war nun kaum noch auszuhalten. Simons Augen waren zu dermaßen kleinen Schlitzen zusammengepresst, dass man sein Licht gar nicht mehr sehen konnte. Lina war beunruhigt. Also schloss sie noch einmal für einen kurzen Augenblick ihre Lider, um das Licht zu sammeln. Doch dann brach das Chaos los. Sabeena verlor die Beherrschung und löste sich aus der Formation. Sie stürmte in die Reihen der Dragoons. Ihre Bewegungen waren anmutig und stark. Doch diese Dragoons dürften eine speziellere Ausbildung erhalten haben als die Wachen, die sie nahezu mühelos umringen konnten. Diese Krieger waren stärker und schneller. So gut wie jeder von Sabeenas Schwerthieben wurde abgewehrt. Es war ein wildes Aufeinanderprallen der Klingen. Die Dragoons stürmten vorwärts und die Erleuchteten mussten sie abwehren. Plötzlich, im Bruchteil einer Sekunde, stand ein baumgroßer, unfassbar bleicher Krieger vor Lina. Seine Augen waren farblos, beinahe weiß, und in seinem Gesicht fand man nichts als Kälte und Hass. Mit einer Geschwindigkeit, die seiner Statur nicht zuzutrauen war, holte er aus und hieb sein riesiges, silbern glänzendes Schwert auf Lina herab, die sicher drei Köpfe kleiner war als der angsteinflößende Dragoon. Im letzten Augenblick riss sie die Arme mit den beiden Kurzschwertern hoch und fing den Schlag ab. Ein schrilles Klirren erfüllte den Saal und es war nicht das einzige. In Lina begann dieses eigenartige Gefühl, wieder vorherrschend zu werden. Dieses Gefühl, dass sie nun nicht mehr zu denken brauchte, dass ihr Licht nun wieder an die Macht kam und ihre Bewegungen und ihren Körper steuerte. Lina wusste, dass es ihre einzige Chance war, und sie ließ es geschehen.

Wie in Trance wirbelte sie herum, warf sich nach hinten, federte sich auf ihrem Arm ab und sprang mit gestrecktem Bein in das Gesicht ihres Gegners. Dieser taumelte unter der Wucht des Schlags nach hinten und ließ sein schweres Langschwert sinken. Lina kam auf dem Boden auf. Mit gestrecktem Bein und kniend drehte sie sich um 180 Grad und schnitt dem Riesen beide Achillessehnen durch. Das Blut färbte seine Hosenbeine binnen Sekunden purpurrot und mit einem ächzenden Stöhnen fiel der Krieger der Länge nach auf den hoch polierten, glitzernden Marmorboden, begleitet von einem dumpfen Geräusch. Fast als wäre wirklich ein Baumstamm gefällt worden. Doch zum Verschnaufen blieb keine Zeit. Lina war mit einem schnellen Sprung zurück auf den Beinen und hatte schon den nächsten Gegner vor sich. Ihre Wahrnehmung war immer noch kanalisiert und sie sah klar und deutlich, was genau in diesem Moment zu tun war. Der Mann, der ihr gegenüberstand, wurde binnen eines Wimpernschlags analysiert, auf Stärken und Schwächen geprüft und ihr Körper wusste, noch bevor Lina es überhaupt begreifen konnte, was zu tun war. Alles andere war in ihrer Wahrnehmung verzerrt und lief wie im Hintergrund und in Zeitlupe ab. Ihr neuer Gegner war kleiner und noch flinker als der letzte. Doch Lina oder besser gesagt das Licht in ihr sah in den kleinen Vorzeichen jeder seiner Bewegungen bereits, was kommen würde. Als er sich zurücklehnte, um sie mit dem rechten Bein zu treten, hatte Lina den Schlag schon kommen sehen und wehrte ihn mühelos ab. Sein Schwert wurde bereits im Anflug blockiert und nach einigen Angriffsmanövern des flinken Mannes, aus dessen Gesicht ein fieses Wesen abzulesen war, bildeten sich erste Schweißtropfen auf seiner Stirn und seine Schläge, die zuvor mit der Präzision und der Geschwindigkeit einer Maschinenpistole auf sie eingeprallt waren, wurden kaum merklich langsamer. Lina witterte ihre Chance. Katzengleich sprang sie in die

Höhe und stützte sich auf der Schulter ihres Gegners ab, um von hinten auf seinen Schultern zu landen. Sein Kopf befand sich nun zwischen ihren Schenkeln. Sie hatte diese Kampfart noch nie praktiziert, aber ihr Licht wies ihr den Weg und sie hinterfragte die Impulse, die sie bekam, nicht und folgte ihnen blind. Zu mehr war auch keine Zeit. Mit einem Ruck riss sie den Kopf des Dragoons um die eigene Achse. Das Knacken, das die Wirbelsäule dabei machte, war so durchdringend, dass Lina kurz schummrig wurde. Der Krieger unter ihr sank sogleich zusammen und Lina landete weich auf ihren Beinen. Geschmeidig sprang sie über den Leichnam hinfort und verschaffte sich einen kurzen Überblick. Einige der Dragoons lagen bereits auf dem Boden und wie es aussah, waren auch zwei ihrer eigenen Männer im Kampf untergegangen. Lina konzentrierte sich erneut auf ihr Licht. Es war wichtig, im Fokus zu bleiben und dem Licht die Führung zu überlassen, zumal sie selber keine Ahnung hatte, was weiter zu tun war. Es gab bestimmt ein eigenartiges Bild ab, wie die junge Kriegerin inmitten des Kampfs und des Chaos dastand, ganz so, als wäre sie aus Stein.

Es dauerte nur den Bruchteil einer Sekunde, bis ihre Führung wiederkam und sich ihre Wahrnehmung bündelte. Wieder wurde alles unscharf, ihr Fokus richtete sich nun über die Menge der kämpfenden Soldaten hinweg hin zu dem Thron, auf dem Kallan immer noch regungslos saß. Lina zweifelte kurz. Ihr Plan war, dass sie sich Kallan erst widmeten, wenn der Kampf geschlagen war. Die Quelle der Kraft in ihr schien das jedoch anders zu sehen. Lina versuchte, sich abzuwenden, doch wie auch schon zuvor war alles andere im Raum verschwommen und lief in Zeitlupe ab. Selbst wenn sie es gewollt hätte, sie konnte der Fokussierung nicht trotzen. So senkte sie den Kopf und ging in die Knie. Mit einem atemberaubenden Sprung segelte sie zwischen den Kämpfenden hindurch und befand sich nun außerhalb des Schlachtfelds. Sie hob den Kopf und fokussierte Kallan. Dieser schien ihre Absicht bereits zu vermuten. Er stand nun kampfbereit mit einem prachtvoll verzierten Langschwert vor seinem Thron. Sein Mund hatte erneut die eigenartige Form angenommen, die wohl als gehässiges Lachen zu deuten war. Und sein Blick schien Eispfeile zu schießen, zumindest fühlte es sich so an. Lina ließ sich nicht lange bitten. Mit wenigen Schritten war sie bei ihm und sprang auf ihn zu. Sie stand mindestens einen Meter in der Luft, bevor sich ihre Klingen mit einem ohrenbetäubenden Klirren trafen. Kallan riss sein Schwert mit unbändiger Kraft nach vorne und Lina wurde gegen das raumhohe Fenster neben dem Thron geschleudert. Mit einem dumpfen Knall polterte sie zu Boden. Doch Lina verspürte keinen Schmerz. In der Zeit, in der Kallan einen Schritt auf sie zu machte, war sie schon wieder auf den Beinen. Ihr Licht war so gebündelt, dass immer wieder helle Strahlen über ihre Haut liefen, fast wie kleine Blitze, die sich auf dem Körper der Erleuchteten sammelten, um die Gegner in Flammen aufgehen zu lassen.

Der Herrscher der dunklen Lande marschierte selbstbewusst auf Lina zu, obgleich sie glaubte, so etwas wie Erstaunen über ihre Widerstandskraft in seinem Gesicht erkennen zu können. Er ließ sich ganz offensichtlich nicht beirren. Mit der Kraft eines Stiers holte er zu einem markerschütternden Schlag aus, den Lina noch gerade so abwehren konnte. Sie war ihm, was die Stärke betraf, ganz offensichtlich unterlegen. Ihr Leuchten verlieh ihr zwar die Fähigkeit, ihm eine Zeit lang standzuhalten, aber er war unermüdlich und brutal. Lina spürte langsam, dass ihr Körper unter den Schlägen nachzugeben begann. Ihre Hände wurden schwerer und ihre Beine hatten nicht mehr die ganze Flinkheit, die sie zuvor bewiesen hatten. Bedauerlicherweise hatte sie nun keine spontane Eingebung mehr, wie sie sich aus der Flut an Hieben befreien konnte. Sie stieß einen innerlichen Hilferuf aus, doch statt in Form des Lichts kam die Hilfe von einer anderen Seite. Simon stand hinter Kallan und zwang ihn mit einem harschen Schlag, von Lina abzulassen. Der Kampf der Anführer begann.

KAPITEL 41

HABT ACHT!

Simon

Es war der härteste Kampf in Simons Leben. Die Dragoons, die auf sie gewartet hatten, zerschmetterten all die Hoffnung auf einen schnellen Überraschungssieg binnen Sekunden. Diese Krieger Kallans waren zu Recht seine Elite. Noch nie auf all seinen Reisen waren Simon derart gut trainierte Soldaten untergekommen. Sie waren stark und schnell, unglaublich wendig und abartig brutal. Kaum hatte der Kampf begonnen, hatte Simon schon die erste Wunde davongetragen. Der erste Kämpfer, mit dem er sich messen musste, war schon relativ in die Jahre gekommen, was weder seiner Kraft noch seiner Schnelligkeit Abbruch tat. Er rannte auf Simon zu und überrannte ihn fast. Er hatte das kleine Messer, mit dem er außer dem Langschwert noch kämpfte, auf Brusthöhe vor sich und traf Simon gleich damit an seiner rechten Wange. Eine tiefe, fleischige Wunde klaffte sogleich auseinander und versetzte ihm einen hässlichen, brennenden Schmerz … Der Kampf war hart und unerbittlich. Simon musste all seine Erfahrung und all seine Kraft hineinlegen, um ihn nicht zu verlieren. Ihre Klingen prallten unermüdlich aufeinander. Simon spürte, dass er nicht vollständig auf die Kraft des Lichts zugreifen konnte. Sie war immer noch abgeschwächt durch die Wut und den Zorn. Aber zumindest diesen konnte er in seinem Duell nutzen. Er legte ihn in jeden seiner Hiebe und sah seinem Gegner beim Ermüden zu. Er hasste ihn inständig, diesen alten, flinken Dragoon. Wenn er daran dachte, dass er in diesem Alter gewiss schon Hunderte von unschuldigen Seelen ermordet haben musste, wuchs sein Zorn nur noch. Die Wut durchflutete ihn und entlud sich in einem gewaltigen Schlag auf den Kopf seines Gegenübers. Sogleich gaben die Beine des Dragoons nach und mit einem dumpfen Knall landete er auf der glänzenden Oberfläche des Bodens. Binnen weniger Augenblicke strömte das Blut aus den Wunden an seinem Schädel und umrahmte ihn. Es war groteskerweise ein schöner Anblick, wie der weiße Kämpfer auf dem kühl glänzenden Marmor lag, umrahmt von seinem purpurfarbenen Blut.

Doch während Simon noch wie gebannt auf den Krieger zu seinen Füßen starrte, hörte er eine Stimme in seinem Kopf. Es war Lina, die um Hilfe rief. Er wirbelte herum und entdeckte seine Geliebte außerhalb des Getümmels auf dem Plateau neben dem Thron. Über sie gebeugt sein

Erzfeind. Er drückte sie mit seinem kunstvoll verzierten Langschwert gen Boden und Lina hatte ihm kaum noch etwas entgegenzusetzen. Ihre Zähne waren zusammengebissen, auf ihrer Stirn standen die Schweißperlen. Und obwohl sie immer noch so sehr strahlte wie kein Mensch, den Simon je gesehen hatte, begann auch ihr Licht, zu flackern. Sie kämpfte mit dem Schatten, mit der Dunkelheit, und sie war drauf und dran, den Kampf zu verlieren.

Simon schlug alles aus dem Weg, was zwischen ihnen war. So, als würde er sich durch ein Dickicht im tiefsten Dschungel kämpfen, bewegte er sein Schwert hin und her und machte so den Weg frei, um Lina zu Hilfe zu eilen. Er musste es schaffen, er durfte sie nicht auch noch verlieren oder alles war zu Ende. Simon konnte nicht sagen, ob es Sekunden oder Minuten waren, bis er endlich hinter Kallan stand. Er empfand es wie Stunden. Mit all seiner Kraft hob er sein Schwert und schlug gegen Kallans gepanzerten Rücken. Es hatte funktioniert. Der Herrscher der Dunkelheit ließ von Lina ab und drehte sich zu ihm um. »Mutig«, zischte er mit einem hinterlistigen Grinsen. Nur Sekunden später traf Simon der härteste Schlag, den er je gespürt hatte. Er warf ihn von den Füßen und er landete mit der Wucht einer Kanone auf der wunderschön verzierten Wand seitlich des Throns. Simons Kopf dröhnte, die Bilder vor seinen Augen verschwammen kurz. Er wusste, er musste so schnell wie irgend möglich zurück auf die Beine oder sein Schicksal war besiegelt. Mühevoll drehte er sich auf den Bauch und brachte seine Hände und Füße unter sich. Da traf ihn auch schon der nächste Tritt. Kallan hatte ausgeholt und ihm mit dem Bein direkt in den Magen getreten. Simon fiel erneut zu Boden. Er krümmte sich vor Schmerzen. Den nächsten Angriff konnte er nicht mehr wegstecken. Er wartete auf den finalen Schlag. Doch Kallan schien abgelenkt. Als er den Kopf hob, sah er auch den Grund dafür. Lina hatte ihn angegriffen. Sie war ihm von hinten in den Nacken gesprungen und versuchte nach Kräften, seinen Kopf herumzureißen. Leider gelang es ihr nicht. Er war einfach zu stark. Kallan griff mit seinen riesigen Pranken nach oben und erwischte sie an ihrem langen, blonden Zopf. Mit einem Ruck riss er sie zu Boden, wo sie mit dem Hinterkopf aufschlug und sich nicht mehr bewegte. Simon gefror das Blut in den Adern. »Nein, nein, nein! Lina …« Seine Stimme überschlug sich vor Panik. Das durfte nicht sein. All der körperliche Schmerz, dem er Sekunden zuvor noch beinahe erlegen war, war verschwunden. Das Blut in seinen Adern kochte und ihm war, als ob es ihn gleich zerreißen würde. Der Schmerz schwappte über ihn wie eine gigantische pechschwarze Welle. Sie erstickte die Reste des Lichts in ihm. Die kleine Flamme in seinem Herzen wehrte sich noch kurz, bevor sie erlosch. Er hatte das Licht schon in sich getragen, lange bevor er dieses Wunder der Schöpfung kennen und lieben gelernt hatte. Hell und klar leuchtete es in ihm, begleitete ihn durch die Dunkelheit. Sogar den Tod seiner Mutter und so vieler geliebter Seelen überdauerte es, wenn auch geschwächt. Und nun ging es mit ihr. Mit ihr, die sie das Leuchten erst seit wenigen Monaten kannte.

Plötzlich verschwamm Simons Umgebung. Da, wo sein Licht gewohnt hatte, klaffte nun ein unbeschreiblich großer Krater. Wie in Trance erlebte er seine Umwelt nun. Er sah auf den leblosen Körper des Mädchens, das nun sein Leben gewesen war, sein Himmel und seine Sterne. Es pochte in ihm. Hart und unerbittlich. Verzerrt und verschwommen hörte er das Böse mit dem Rücken zu ihm lachen. Es war ein dumpfes, hinterlistiges Lachen. Was für eine Farce. Simons Zorn begann, sich zu kanalisieren und auf den Ursprung all dieses Übels zu richten. Den Inbegriff des Bösen: Kallan. In ihm wuchs nun die Dunkelheit und nahm Besitz von ihm. Sie schrie schrill in seinem Kopf. Ein einziges Wort schrie sie. Immer wieder. Immer lauter. »Rache!«

Simon hatte nicht geglaubt, dass auch die Dunkelheit in der Lage war, einen Körper zu stärken. Doch in diesem Moment war es nichts als der blinde Hass und die Aussicht auf Rache, die seinen zerschundenen Körper hochtrieben. Er erhob sich und zog das kleine, scharfe Messer, das er in seinem Stiefel versteckt hatte. In den Rücken würde er es diesem Satan rammen und die Welt ein für alle Mal von ihm befreien. Simon hatte nichts mehr auf dieser Erde, für das es sich zu kämpfen gelohnt hätte. Er fürchtete auch den Tod nicht mehr. Alles war schwarz, alles war dunkel. Simon schlich sich an Kallan heran und mit einem riesigen Satz überwand er die letzten paar Meter. Er sprang mit gezogenem Messer in die Luft und sah es schon in Kallans weißes Fleisch dringen. Plötzlich wirbelte dieser herum und Simon sprang direkt in seine Klinge. Ein stechender Schmerz durchfuhr ihn. Und dann wurde es dunkel und sehr kalt. Ruhig schloss Simon die Augen. Er hatte gekämpft, er hatte verloren. Aber das Licht kam zurück. Es erschien vor ihm und dann floss es in ihn hinein und Simon, der Auserwählte, die Hoffnung aller Erleuchteten, machte seinen letzten Atemzug auf dieser Erde.

KAPITEL 42

DAS ENDE DES KAMPFS

Lina

Linas Kopf pochte und ihr war unfassbar kalt. Als sie die Augen öffnete, hatte sie keine Ahnung, wo sie sich befand. Sie blickte auf eine kunstvoll gestaltete weiße Decke. Schön sah sie aus, mit diesen Schnörkeln und goldenen Verzierungen. Lina hatte selten etwas so Prachtvolles gesehen. Plötzlich durchfuhr es sie wie ein Blitz. Der Kampf mit Kallan, seine Übermacht. Simon hatte sie gerettet. Aber wo war er jetzt? Sie riss den Kopf zur Seite. Es bot sich ihr ein ganz und gar schrecklicher Anblick. Der weiße Marmorboden des Saals war übersät mit Leichen. Kaum noch ein Stück des weißen Steins war zu sehen. Das Blut der Kämpfer hatte einen See gebildet. All ihre Kämpfer waren wohl gefallen. Lina zerriss es das Herz. Sie dachte an die restlichen Erleuchteten, die in den Katakomben auf sie warteten. Auch sie waren jetzt verloren. Aber wo war Simon? Lina stockte der Atem, als sie ihn endlich entdeckte. Er lag nur einige Meter von ihr entfernt in einer riesigen Blutlache. Lina musste zu ihm. Eigentlich war sie zu schwach, aber sie konnte einfach nicht anders. Mühsam drehte sie sich auf ihren Bauch. Ihr Schädel dröhnte so laut, dass Lina meinte, er würde gleich explodieren. Mit ihren letzten Kräften erhob sie sich auf Hände und Knie. Auf allen vieren kroch sie zu ihm und lehnte sich über seinen leblosen Körper. Sie umfasste sein Gesicht mit beiden Händen. Es war ganz kalt und grau. »Oh nein, oh nein, oh nein«, schrie es in ihr. Ihre Augen füllten sich mit Tränen und ganz tief in ihrem Inneren begann sich der Schmerz auszubreiten. Er kroch aus ihrer Seele in ihr Herz und von da aus schlich er sich die Luftröhre nach oben, wo er in einem markerschütternden Schrei seinen Weg aus ihrem Innersten fand.

Mittlerweile rannen sprudelnde Bäche über ihre Wangen. Es war, als hätte jemand die Schutzdämme eingerissen. Alles kam nun ans Tageslicht. Sie wusste sehr wohl, dass es unklug war, zu schreien. Das sagte ihr zumindest die kleine, leise Stimme der Vernunft in ihr. Dass sich momentan keiner im Raum befand, konnte nur bedeuten, dass Kallan und seine Untertanen sie für tot hielten. Ihre

Aufmerksamkeit zu erregen, war bestimmt nicht besonders geistreich. Aber Lina war es verdammt egal, was dieses bescheuerte Gewissen oder wer auch immer der innere Redner war, ihr da ins Ohr flüsterte. Wozu sollte sie ihren Schmerz unterdrücken? Für was? Um nicht entdeckt zu werden? Um zu überleben? In ihre Klagelaute mischte sich ein kurzes, beinahe höhnisches Lachen. Es war nicht mehr wichtig. Sicher, sie könnten sie foltern und ihr schlimme Schmerzen zufügen. Aber kein Schmerz und keine Folter könnten jemals schlimmer sein als der, den sie gerade fühlte. Sie hatte nichts, aber auch gar nichts mehr zu verlieren. Das Einzige, was sie kurz innehalten ließ, war der erneute Gedanke an die Kinder in den Katakomben, aber selbst diesen verwarf sie sogleich wieder. Sie konnte ihnen nicht helfen. Lina war dumm und schwach, davon war sie jetzt überzeugt. Und sie hatte all diese Kämpfer in den Tod geführt. Sie hatte ihren geliebten Simon auf dem Gewissen und das wog schwerer als jede Sünde dieser Welt. Er war der Erlöser gewesen. Er hätte sie retten können. Und er hatte Zweifel an dieser Aktion geäußert. Nicht nur einmal. Doch sie hatte nicht hören wollen.

Sie hätten sich verstecken können, irgendwo im Schatten Zuflucht finden. Gewiss hätten sie eine Arbeit in einem der Kraftwerke bekommen. Es wäre trostlos und grau gewesen und ein tragisches Versteckspiel für den Rest ihres Lebens. Aber sie alle hätten noch ein Leben gehabt. Stattdessen hatten sie den Tod gefunden, auf dem kalten, weißen und paradoxerweise schönen Boden dieses Schlosses. Die, die zurückgeblieben waren und noch in den Tunneln warteten, waren auch so gut wie tot. Also hatte sie streng genommen auch diese Menschen auf ihrem Gewissen. Der Schmerz war so heftig, dass ihn zu fühlen, fast zu viel für sie war.

Lina saß auf dem Boden, über die Liebe ihres Lebens gebeugt, und es musste ein furchtbares Bild abgegeben haben. Umringt von Leichen und in einem See von Blut schluchzte vor sich hin. Eigentlich hätte sie wegrennen sollen. Das Licht in ihr flackerte immer wieder auf und drängte darauf, endlich das Weite zu suchen. Aber sie konnte nicht, ihr Körper war wie gelähmt. Immer wieder drückte sie ihren Kopf gegen Simons leblose, kalte Brust und schluchzte ein verzweifeltes »Bitte!« Sie hatte kein Gefühl mehr. Kein Gefühl für Zeit und Raum. Es war unmöglich, sich noch auf irgendetwas anderes zu konzentrieren. Alles war verloren. Und als die Verzweiflung sie ganz und gar eingenommen hatte und sich der Schleier der Trauer über ihr Licht gelegt hatte, sehnte sie sich ihren eigenen Tod herbei. Sie war es leid, zu kämpfen. Es war ohnehin umsonst. Mit einem letzten Schluchzer griff sie nach Simons kleinem Messer, um dessen Schaft sich seine Finger immer noch fast krampfartig klammerten, und setzte es an ihre Brust. Doch irgendetwas hielt sie davon ab, ihrem Elend ein Ende zu bereiten. Es war, als wäre ihre Hand durch eine unsichtbare Schnur mit einem Widerstand verbunden. Lina wendete mehr Kraft auf, aber nur mit dem Effekt, dass ihre Hand zu zittern begann vor lauter Anstrengung. Sie bewegte sich nicht einen Millimeter in Richtung ihrer Kehle. Sie wusste, dass es keine Angst war, die sie davon abhielt, es zu beenden. Sie verspürte keine. Vor was denn auch? Sie hatte alles schon erlitten. Nichts konnte ihr mehr genommen werden und es gab nicht den kleinsten Grund mehr für Lina, auf dieser grausamen Erde zu verweilen. In dieser Welt, in der sie aus den Schatten das Licht erblicken durfte, nur um es ihr nach so kurzer Zeit wieder restlos zu nehmen. Nein, Angst war es gewiss nicht. Es konnte nur eine Macht sein, die sich noch nicht geschlagen gab. Ein winziges Körnchen Licht leuchtete noch in Linas Seele und war bereit, das Feuer erneut zu entfachen. Lina wollte es nicht mehr. Zu viel war ihr zugemutet worden. Zu viel hatte sie erleiden müssen. Und so legte sie ihren Kopf auf den kalten Leib ihrer großen Liebe und hieß die Dunkelheit willkommen.

KAPITEL 43

DAS LICHT ERLOSCH

Kallan

»Die Wunde ist tief. Ich muss sie ordentlich desinfizieren, sonst entzündet sie sich noch.« Kallan saß ohne Hemd auf dem Stuhl in seinem Schlafgemach. Sein Leibarzt inspizierte gerade seine Verletzungen, die er in dem Kampf mit seinen einzigen Feinden davongetragen hatte. Die Wunde schmerzte und er fühlte, dass es kein Kratzer war, dennoch fühlte Kallan in diesem Augenblick eine tiefe Befriedigung. Nichts, was er jemals in seiner jahrzehntelangen Regentschaft erlebt hatte, keine der Paraden zu seinen Ehren, keine Treueschwüre der anderen Edelblütigen, keine Folterungen und keine Hinrichtungen, hatte Kallan jemals ein vergleichbares Gefühl der Befriedigung verschaffen können. Vielleicht war es, weil er den großen Kampf gegen den Anführer und seine Braut ganz alleine bestritten und gewonnen hatte, vielleicht war es, weil dieses Pack seit vielen Jahren seine einzigen ernst zu nehmenden Widersacher in seinem Reich gewesen waren. Was auch immer die Gründe dafür waren, Kallan verspürte das erste Mal in seinem Leben so etwas wie Zufriedenheit. Es war ihm egal, ob der Arzt die Wunde mit dem einzigen verfügbaren Desinfektionsmittel, nämlich mit Jod, säuberte und dass diese Prozedur wie erwartet wie die Hölle brannte.

Gerade als Kallan das Gefühl seines Triumphs noch etwas genoss, klopfte es an der Tür. Es war einer seiner Kommandanten, die gerade in diesem Moment aus dem Norden heimgekehrt waren. »Mein Herr«, begann Kredo. »Meine Truppen und ich sind soeben am Hof angekommen und erwarten Eure Befehle.« Untertänig verneigte sich der Krieger, als Kallan von seinem Stuhl aufstand und dabei den Arzt ein kleines Stück wegdrängte. »Du kannst die Wunde später verbinden«, ließ er ihn in seinem gewohnt dunklen und kalten Tonfall wissen. Selbstverständlich gehorchte dieser sofort, verneigte sich und verließ den Raum unauffällig über die Seitentür. Kallan wandte sich nun seinem General zu. »Genau zum rechten Zeitpunkt, da die Kämpfe gewonnen sind, seid ihr auch eingetroffen.« Seine Stimme klang aufgebracht und donnerte in dem weitläufigen Schlafraum, der, wie der Rest der königlichen Gemächer, nur spärlich möbliert und mit weißem Marmor ausgekleidet war. Kredo, der die Launenhaftigkeit seines Herrn schon einige Male am eigenen Leib erfahren hatte, zuckte zusammen. Er wusste, dass man Kallans Zorn nicht oft auf sich ziehen musste, um dafür mit seinem Leben zu bezahlen. »Bitte vergebt uns, Herr.« Sein Blick war demütig gesenkt und in seiner Stimme konnte echte Reue vernommen werden, obwohl die Schuld für das verspätete Eintreffen wohl kaum bei ihm zu suchen war. »In dem Augenblick, als ich die Nachricht von Eurem Boten erhielt, ließ ich das Lager, so schnell es nur irgend möglich war, abbrechen und seither sind wir Tag und Nacht gereist. Es ging wirklich nicht schneller.« Der letzte Satz war mehr geflüstert als gesprochen, so als wäre der General erst, während er ihn sagte, darauf gekommen, dass er seinen Herrscher erzürnen könnte. »Dann hättet ihr wohl schneller reisen müssen«, schrie Kallan dem Befehlshaber seiner nördlichen Truppen ins Gesicht. »Vergebt uns.« Kredo fiel vor seinem Herrn auf die Knie. Der König lachte unnatürlich laut auf. »Zu eurem Glück ging die Schlacht auch ohne eure erbärmlich verspätete Hilfe zu unseren Gunsten aus.« Ein finsteres Grinsen breitete sich auf seinem Gesicht aus. »Fürs Erste könnt ihr die Überreste unserer Gegner entfernen. Danach überlege ich mir, was ich mit euch mache.« Mit einem eiligen »Jawohl« verabschiedete sich der General und dankte Gott für die außergewöhnlich gönnerhafte Laune seines Königs.

Schnell verließ er den Schlafsaal, bevor Kallan es sich noch anders überlegte. Der Herrscher kehrte zurück zu seinem Stuhl am Fenster. Er blickte hinaus auf die nebeldurchzogenen Lande, die er beherrschte. Sie waren wundervoll trostlos und dunkel. Leichter Nieselregen hatte eingesetzt.

Er durfte nicht vergessen, seinen Ingenieuren das Hochfahren der Maschinen zu befehlen. Der Regen würde ansonsten, wenn er heftiger wurde und länger anhielt, die feinsten Partikelchen in der Luft noch beseitigen. Und diese Partikel sicherten schließlich die Herrschaft von Kallans Blutlinie seit Hunderten von Jahren. Auch wenn die Erleuchteten nun beseitigt worden waren, das Durchbrechen der Sonne und damit das Wiederherstellen der Vegetation, wenn auch erst Jahrzehnte später, würden ihn und seinesgleichen jeglichen Vorteil und damit die Herrschaft kosten. Das durfte niemals geschehen.

Gerade als Kallan tief in seine Gedanken versunken am Fenster saß, hörte er erneut ein Klopfen an der Tür. Er nahm an, dass der Leibarzt die klaffende, schmerzende Wunde nun nähen und verbinden wollte. Obgleich er sich über die Unverfrorenheit des Mediziners wunderte. Normalerweise wagte es kaum jemand, ihn in seinem Schlafzimmer zu stören, ohne zuvor gerufen worden zu sein. Kallan wandte sich also mäßig verärgert in Richtung Seitentür und klaffte ein unüberhörbares »Herein!«. Doch nicht die Seitentür öffnete sich, sondern die große Eingangstür, die zu den Regierungsräumlichkeiten führte. Der General Kredo trat ein. Kallan ballte seine Fäuste, dass die Knöchel seiner ohnehin schon schneeweißen Haut noch heller hervortraten. Schön langsam musste er sich über die scheinbar ausgeprägte Todeslust seines ansonsten immer sehr unscheinbaren Kommandeurs wundern. »Was wollt ihr noch?« Es war mehr ein Bellen als eine Frage, die er durch den Raum schleuderte. Der sichtlich verunsicherte

Kredo zuckte zusammen. »Erneut muss ich Euch um Verzeihung bitten.« Seine Stimme war brüchig und rau, was gar nicht weiter verwunderlich war, wenn man berücksichtigte, dass er gerade seinem eigenen Tod in die Augen sah. Kallan knurrte nur. Nach einer kurzen Pause entschied Kredo, dass das wohl eine Aufforderung gewesen war, weiterzusprechen. Zumindest traute er sich nicht, erneut nachzufragen. »Wir haben die Leichen der Gegner weggeräumt und den Saal gesäubert«, fuhr er also fort. »Und das ist ein Grund, mich zu stören?«, brüllte Kallan ihn an, erzürnt über so viel Unverschämtheit. Er überlegte bereits, was er mit dem General machen sollte, um an ihm ein Exempel zu statuieren. Niemand durfte seine Zeit in diesem Maße verschwenden. »Das war es nicht, was ich Euch mitteilen wollte«, fuhr der General fort, nachdem er gemerkt hatte, dass ihn nun nur noch das Vorbringen der eigentlichen Nachricht retten konnte. »Eine der Angreiferinnen ist nicht tot.« Kallan legte den Kopf schief. »Wir erwarten Eure Befehle«, schloss Kredo und kniete sich mit gesenktem Kopf vor seinem Herrscher auf den Boden.

KAPITEL 44

ERWACHET

Lina

Ein dumpfes Surren erfüllte Linas Kopf, als sie erwachte. Oh, Gott sei Dank, dachte sie impulsiv. Es war nur ein Traum. Alles, alles war nur ein Traum. Das war die einzige plausible Erklärung. Doch noch während sie die Augen geschlossen hatte, fühlte sie den kalten, glatten Boden unter ihr. Jenen Untergrund, den sie noch nie zuvor gefühlt hatte. Nur an jenem Tag, als ihr Albtraum Wirklichkeit wurde. Sie vernahm Stimmen. Laute und heiser klingende Stimmen, in denen bei jedem einzelnen Wort die Dunkelheit mitvibrierte. Plötzlich wurde sie mit einem Ruck am Bein gepackt und über den glänzenden Boden davongezerrt. Ihre rohen Überlebensinstinkte übernahmen mit einem Mal die Führung. Sie riss die Augen auf und wehrte sich, so gut sie mit ihrem geschundenen Körper in der Lage dazu war. Im Augenwinkel sah sie erstaunt, dass sie die letzte der Erleuchteten in dem Saal war. Sie riss den Kopf herum. Alle Spuren des Kampfs, der See aus Blut, die vielen Leichen – alles war weg. Nichts erinnerte mehr an das Massaker, das hier stattgefunden hatte. Der Boden glänzte wieder genauso makellos, wie er es beim Eintreffen der Rebellen getan hatte. Das einzig Störende an dem Bild war sie. Dieses Mädchen, das schmutzig, fast verwahrlost, blutverschmiert über den Boden geschliffen wurde. Der Dragoon, der sie hinter sich herzog, wie die übellaunige Beute seiner letzten Jagd, stoppte abrupt, als er die raumhohe, weiße Flügeltür erreichte.

Erst jetzt entdeckte Lina, wer dort stand, in einem prächtigen weißen Anzug, über und über mit kleinen glitzernden Steinen übersät. Lina fand den Widerspruch zwischen seiner inneren Finsternis und seiner äußeren Helligkeit immer noch bemerkenswert. Er lächelte sein hinterlistiges, fades Lächeln, das Lina nicht zum ersten Mal sah. Dieses Grinsen versetzte sie wie eine Zeitmaschine in die finstere Schlacht zurück, die so grausam fern und doch erst ein paar Stunden vergangen war. Alles in ihr schien zu zerreißen und sie stieß einen markerschütternden Schrei aus. In diesem Schrei waren so viel Schmerz, so viel Verzweiflung und so unfassbar viel Wut vereint, dass er dem Zuhörer beinahe körperliche Schmerzen verursachte. Kallans Lächeln wurde noch ein Stück breiter. Die Widerwehr des Mädchens schien ihm offensichtlich zu gefallen. Mit einer schwachen Handbewegung deutete er seinen Kriegern, sie aufzurichten. Unsanft bugsierten die beiden Dragoons Lina in die Vertikale. Lina spürte schmerzlich den Kampf, jeder Muskel und jeder Knochen in ihrem Körper schmerzte. Doch sie wollte sich nicht die Blöße geben, sich auf ihre Feinde, auf die Menschen, die ihr alles genommen hatten, zu stützen. Und so mobilisierte sie den letzten Rest ihrer Kräfte und blieb eigenständig stehen. Zwar stand sie schief und krumm, denn einige ihrer Wunden erlaubten keine Straffung und keinen geraden, aufrechten Stand, aber sie stand allein. Ihre Schultern waren gestrafft und sie reckte ihr Kinn in die Höhe.

Voller Hass blickte sie ihrem Peiniger ins Gesicht. Er mochte sie töten, so wie er es mit allem, was ihr lieb und teuer gewesen war, getan hatte, in dieser kalten, grausamen Welt, aber ihren Stolz würde er ihr nicht nehmen. Dessen war sie sich gewiss. Sie reckte das Kinn so weit in die Höhe, wie es ihr unter diesen Umständen möglich war. Ihre Augen funkelten vor Zorn und ihre sonst so vollen, weichen Lippen verloren jede Farbe, so fest presste sie sie zusammen. Am liebsten hätte sie Kallan vor die Füße gespuckt. Nur ihr eigener Ekel und die Erinnerung an die dunklen Tage in der Taverne, in der derlei Verhalten zur Tagesordnung gehörte, hielten sie davon ab. Also beschränkte sich Lina darauf, ihrem Feind ins Gesicht zu starren und so all ihrem Hass Ausdruck zu verleihen.

Inmitten all des Hasses überkam sie plötzlich wieder das Gefühl der tiefen Trauer und so füllten sich ihre übergroßen grünen Augen mit Wasser, was ihnen seltsamen Glanz und unhaltbare Tiefe verlieh. Ein normaler Mensch hätte sich diesem Bild der Schönheit kaum widersetzen können und sogar Kallan schien das Außergewöhnliche in ihr zu sehen. Zumindest veränderte sich sein Gesichtsausdruck kurz und sein Hohn wich einem winzigen Moment der echten Verwunderung. Doch er war zu erfahren, zu verhärmt und zu schlau, um vor seinen Männern auch nur die kleinste Regung von Menschlichkeit zu zeigen. Er war sich im Klaren, dass ihn die Blutlinie nicht vor dem Recht des Stärkeren schützen würde. Es gab genug »ergebene Familien« in seinem Königreich, die nicht zögern würden, wenn Kallan Schwäche zeigen sollte. Sie würden schneller ihre bleichen Hände nach dem Thron und all seinen Annehmlichkeiten ausstrecken, als man bis drei zählen konnte. Und so standen sie da, in den pompösen weißen Hallen des dunklen Schlosses, und starrten einander in die Augen. Das schmutzige, zierliche Mädchen mit ihren zerlumpten Kleidern aus den Tiefen der Kohlebeschaffungsländer und das Oberhaupt eines Imperiums in seinem prachtvoll verzierten weißen Anzug.

Ein absurdes Bild gaben sie ab. In Linas Gesicht, das so voll mit Schmutz und blutverschmiert war, sah man trotz der Verunreinigungen und des blanken Hasses die Schönheit und den Zauber einer verlorenen Welt. Und Kallans prächtiges Erscheinungsbild konnte dennoch niemanden über die Dunkelheit in seiner Seele hinwegtäuschen. Paradoxer hätte die ganze Situation sich kaum darstellen können. Irgendetwas an Lina berührte den Herrscher der dunklen Lande und so richtete er das Wort an seine Krieger: »Sie schien mit dem Anführer der Rebellen eine Verbindung zu haben. Wir sollten sie lebend halten, bis wir sicher sind, dass die Terrorzelle ein für alle Mal besiegt ist. Werft sie zu dem anderen.« Grob riss der rechte der Dragoons an Linas Arm. Seine kalten weißen Finger gruben sich in ihr zartes Fleisch und würden mit Sicherheit dunkelblaue Abdrücke darauf hinterlassen. Doch das berührte Lina kaum, ihr Körper war ohnehin zerschunden von dem Kampf und konnte dennoch kaum mit den Wunden ihrer Seele mithalten. Sie war froh, aus dem Gesichtsfeld Kallans gebracht zu werden, dann konnte sie sich ihrem Leiden endlich wieder hingeben. Konnte zerfließen und vielleicht würde sie in ihrer Zelle auch irgendeinen nützlichen Gegenstand finden, um zu ihrem Geliebten zu kommen. Es gab nichts mehr für sie, aber Kallan konnte und wollte sie nicht zeigen, wie sehr er gewonnen hatte, wie abgrundtief ihre Wunden waren und dass das Dunkle so triumphal über das Licht gesiegt hatte. Doch sie hatte sich zu früh gefreut. Die Einsamkeit und Stille des Kerkers sollten ihr noch nicht vergönnt sein. Die beiden Krieger des dunklen Reichs beförderten Lina gerade in Richtung Ausgang. »Halt!«, polterte es von hinten durch den Saal. Die Akustik hier drinnen war wirklich bemerkenswert. Es war, als fühlte sich der Schall in diesen hohen Räumen, die über und über mit schneeweißem Stein ausgekleidet waren, zu Hause. Als wollte er nicht entfliehen. Es hallte von allen Seiten auf die Ohren seines Opfers und verursachte in dieser Lautstärke körperliche Schmerzen. Unwillkürlich musste Lina schmunzeln ob ihrer schrägen Gedankengänge, die sie im Angesicht totaler Hoffnungslosigkeit heimsuchten. »Ha,« dachte sie. Der Schall und der Ton stecken unter einer Decke mit der Finsternis und der Niedertracht.

Kallans laute, polternde Stimme riss sie aus ihrem Gedankenspiel. »Bringt das Mädchen zurück zu mir!« Seine Stimme war laut und brachial, doch seine Aussprache war formvollendet. Er zelebrierte jedes seiner Worte und man merkte ihm die herausragende Bildung, wie sie nur die künftigen Herrscher des Reichs genossen, nur allzu deutlich an. Die beiden Dragoons hielten sofort inne, machten kehrt und rissen Lina nun wieder in die entgegengesetzte Richtung. Kallan stand immer noch an derselben Stelle. Er hatte die Hände hinter dem Rücken gefaltet und sah ihnen entgegen. Sein Kinn war erhoben, sein Kopf lag leicht schief. Etwa fünf Meter vor ihrem Gebieter stoppten Linas Begleiter. »Bringt sie näher«, befahl der König. Sie brachten das Mädchen nun ganz nah zu ihm und Kallan streckte seinen Arm aus und umfasste grob ihr Kinn. Lina zuckte zusammen. Sie riss den Kopf zur Seite wie ein wildes Tier. Die Griffe der Dragoons verstärkten sich und Kallan griff erneut nach ihrem Kinn. Diesmal konnte sich Lina beim besten Willen nicht mehr befreien. Er drehte ihren Kopf in alle Richtungen und begutachtete sie. »Bist du bei den Rebellen geboren?«, fragte er sie.

Lina würde den Teufel tun und ihm antworten. Sie presste ihre Lippen noch ein bisschen fester zusammen. Sollten sie sie foltern, sollten sie sie töten. Das wäre ihr sogar recht. Doch Kallan grinste nur wieder sein abscheulich hinterlistiges Grinsen. »Oh, du brauchst mir nicht zu antworten«, zischte er so nah an ihrem Ohr, dass sie seinen ekelig warmen Atem spüren konnte. »Ich weiß es schon.« Er trat einen Schritt zurück und verkündete nun lauter: »Du bist das gewöhnliche Mädchen, das die Krankheit des Leuchtens spontan entwickelt hat. Wir haben dich gefangen.« Seine Stimme klang nun bedrohlich heiter. »Bringt sie in den Kerker und sagt den Wissenschaftlern Bescheid«, wandte sich Kallan nun an seine Gefolgschaft. »Sie sollen die Tests vorbereiten. Wir werden bald wissen, was mit ihr nicht stimmt.«

KAPITEL 45

DIE HELLSTE DUNKELHEIT

Lina

Durch lächerlich viele Gänge, die an Prunk nach und nach abnahmen, wurde Lina in den unteren Teil des Schlosses geführt. Am Ende waren die Gänge dann nichts mehr als die ekelhaft nassen und schmutzigen Schleißen, durch die sie den Weg ins Innere des Palasts gefunden hatten. Und ganz am Ende war das Verlies. Selbst wenn man durch die dicken Stahltüren der Zellen gekommen wäre, hätte man sich in diesem Irrgarten verlaufen. Lina konnte nicht umhin, zu bemerken, dass alles, was die weisen Altvorderen gebaut hatten, gut durchdacht und minutiös geplant war. Wäre sie nicht in so einer ausweglosen Lage gewesen und wäre all dies nicht auf dem Rücken der arbeitenden Bevölkerung gebaut worden, hätte man davor fast Respekt haben können.

Die Soldaten an ihrer Seite schlossen eine der Zellen auf und warfen Lina mit einem Ruck hinein. Sogleich stolperte sie über den unebenen, löchrigen Boden und fiel der Länge nach in den Dreck. Lina wäre auch erstaunt gewesen, hätten sie hier menschenwürdige Quartiere erwartet. Sie zog die Knie und die Arme ganz nah an ihren Körper, um wenigstens etwas Schutz vor der Nässe und der Kälte zu finden, und ergab sich ihrem Schicksal. Ein tiefes Schluchzen entkam ihr, bevor sie wieder leiser weinte und all den Tränen ihren Lauf ließ. Sie musste schon eine Zeit lang so gelegen sein, zumindest hatte die Kälte schon den Weg in ihre Knochen gefunden, als sie von der Nachbarzelle, die mit dicken Eisenstäben von ihrer eigenen getrennt war, ein Geräusch vernahm. Lina zuckte zusammen. Sie war davon ausgegangen, alleine hier zu sein, doch scheinbar war sie nicht die einzige bedauernswerte Person in diesem Kerker. Sie hob leicht den Kopf, um hinüberspähen zu können. Ihre Augen hatten sich mittlerweile soweit an die Dunkelheit hier unten gewöhnt, dass sie zumindest schemenhaft die Umrisse einer Person erkennen konnte. Sie verzog ihr Gesicht und presste die Augen noch mehr zusammen, um etwas Genaueres erkennen zu können, als sie plötzlich eine Stimme vernahm: »Schön, dich zu sehen.« Lina durchfuhr es wie ein Blitz. War sie etwa körperlich derartig mitgenommen, dass ihr Geist einen Ausweg in Halluzinationen suchte? Sie kannte diese Stimme, sie war ihr vertraut. Auch wenn sie sie schon lange nicht mehr gehört hatte. »Samuel«, entfuhr es ihr und sie war so schnell auf den Beinen und an dem Gitter, wie sie es selbst vor einigen Sekunden noch nicht für möglich gehalten hätte. Ungläubig spähte sie ins Nachbarverlies. Er war es. Er war es tatsächlich und er lächelte sie an. Lina war wie von Sinnen. Sie konnte nur noch stammeln. Es war noch jemand da, jemand, der ihr wohlgesinnt war. Wenn auch in der gleichen ausweglosen Situation.

Aber alleine sein Dasein war wie Balsam für ihre geschundene Seele. Sie streckte ihre Hände durch das Gitter und er ergriff sie. Lina weinte, während Samuel ihre Finger mit den seinen verschränkte und ihr die Zeit gab, die sie brauchte, um Worte zu finden. Mit verständnisvollem Blick beobachtete er sie, obwohl er wohl kaum wissen oder verstehen konnte. Nach einer Weile hatte Lina ihre Fassung wiedergewonnen und blickte Samuel das erste Mal seit ihrem ersten und letzten Treffen vor mittlerweile fünf Monaten in die leuchtenden Augen. Lina war verdutzt. Samuels Leuchten hatte sich nicht verändert. In all der Zeit, in der so viel Licht erloschen war und die Dunkelheit so viel Macht gewonnen hatte, hatte sich sein Licht nicht verändert. Es strahlte ungebrochen. Klar und hell, flimmernd und lodernd leuchtete es in seinen Augen und versetzte Lina in offenkundiges Staunen. Samuel lächelte Lina an. »Mein Wundermädchen«, flüsterte er mit der gleichen warmen, weichen Stimme, die sie schon damals gefesselt und in ihren Bann gezogen hatte. »Wie ist es dir ergangen?« Welch einfache Frage und dennoch so schwer zu beantworten. Es war ihr schlecht ergangen und auch wieder gut. Die letzten Monate waren mit mehr Leben erfüllt gewesen, als viele ihrer Leidensgenossen im dunklen Reich über ihr ganzes Dasein erfuhren. Da waren mehr Liebe, mehr Freude, mehr Genuss und Lebenswillen gewesen, als sie je für möglich gehalten hatte. Aber da waren auch abgrundtiefe Trauer, überwältigender Hass und unüberwindbare Verzweiflung, gerade in den letzten Stunden und Tagen, über sie hereingebrochen. Lina rang nach Luft. Wie sollte sie nur antworten? Statt einer Antwort fand ein tiefes Schluchzen den Weg aus ihrem Innersten. Samuel schloss für den Bruchteil einer Sekunde seine Augen und nickte kurz. Mehr brauchte es nicht, um sich verstanden zu fühlen.

Die beiden ließen sich auf den Boden sinken, ohne dabei ihre Hände auseinander zu lösen. So saßen sie da, am finstersten und hoffnungslosesten Ort, den man sich nur ausmalen konnte. Beide im Schneidersitz hielten sie sich an den Händen und sahen einander an. Sie fühlten einander und ohne dass es viele Worte gebraucht hätte, war Verständnis zwischen den Gitterstäben zu spüren. Langsam begann Lina, zu erzählen. Sie wusste, dass Samuels Zuhause, seine Welt und alles, was er geliebt hatte, zerstört worden war. Also wählte sie ihre Schilderungen vorsichtig und so behutsam, wie es nur möglich war. Stunden vergingen, ohne dass sich die beiden aus ihrer Position lösten. Und obwohl sie gemeinsam weinten und sie Samuels Trauer spüren und sehen konnte, veränderte sich das Leuchten in seinen Augen kein bisschen. Es wurde nicht schwächer und nicht unruhiger. Es war da, genauso wie es in jener Nacht vor Monaten da gewesen war. Sicher und ruhig, stark und beständig, mit hypnotischer Wirkung strahlte es aus ihm heraus und zum ersten Mal seit ihrer Niederlage flackerte in Lina so etwas wie Hoffnung auf. Ganz leise und sehr zart, aber es war Hoffnung. Sie spürte ein klitzekleines Aufflackern des Lichts in ihr. Es war noch da. Klein und unscheinbar, nur ein Funke und nicht zu vergleichen mit den lodernden Flammen, die noch vor kurzer Zeit in ihr gewohnt hatten. Aber es war noch da.

Die beiden waren ganz versunken ineinander und nahmen kaum noch die düstere Umgebung, in der sie gefangen waren, wahr. Mit einem dumpfen Poltern wurden sie unsanft zurück in die Realität befördert. Lina sprang auf und mit einem Mal wurde ihr bewusst, dass man sie nun wohl holen würde, um auf Kallans Befehl hin Tests mit ihr zu machen. Was sie in dem Saal noch kaum berührt hatte, machte ihr mit einem Mal eine Heidenangst und sie verkroch sich in den hintersten Winkel des Lochs, das hier als Gefängnis diente. Sie hörte Poltern und Knallen und mit einem Ruck wurde die Kerkertür aufgerissen. Doch vor ihr standen nicht, wie erwartet, die Dragoons mit dem Befehl, das Mädchen aus den schmutzigen Kohlelanden zu holen, sondern jemand, dessen Überleben für Lina genauso unwahrscheinlich gewesen war wie Samuels. In ihrem zerschlissenen Kampfanzug und mit blutverschmiertem Gesicht stand Sabeena vor ihnen. Ihr ganzer Körper war angespannt und in ihren Augen sah man Angst und Hass. »Sabeena!« Lina war fassungslos. »Wie hast du das nur geschafft? Wie hast du überlebt? Und wie zur Hölle hast du uns gefunden?« Lina richtete sich, so schnell es möglich war, auf und eilte zu Sabeena. Selbst nach allem, was vorgefallen war, war sie unfassbar froh, sie zu sehen. Sie umarmte sie innig, was Sabeena sichtlich überforderte. Sie drückte Lina weg. »Wir haben keine Zeit«, erwiderte sie. »Wir müssen weg! Gleich wird die Verstärkung kommen und denen sind wir nicht gewachsen.«

Sabeena sah sich um, ihr Blick fiel auf die Gitterstäbe und auf die Person, die dahinter stand. »Samuel?« Sabeena schien genauso überrascht wie Lina zuvor, ihren alten Weggefährten hier vorzufinden. »Sabeena«, antwortete Samuel mit gewohnt ruhiger, weicher Stimme. »Wie schön, dich zu sehen.« Kurz stand Sabeena mit offenem Mund da und reagierte nicht. Doch sogleich kam sie wieder zu Verstand. »Kommt jetzt!«, rief sie aufgeregt. »Wir müssen jetzt wirklich gehen.« Sie rannte aus der Zelle, Lina folgte ihr, immer noch verwundert. Sabeena schien kaum verletzt zu sein und stellte ihre Stärke nun eindrucksvoll zur Schau. Sie entriegelte Samuels Tür, doch sie klemmte. Mit einem wilden Kick öffnete Sabeena sie und Samuel konnte sich ihnen anschließen. Sie folgten Sabeena, die sie zielsicher durch die Gänge nach draußen manövrierte. Diese Frau schien wirklich über ein fotografisches Gedächtnis zu verfügen. Lina war nach wie vor wie ferngesteuert. Noch immer weigerte sich ihr Kopf, zu akzeptieren, dass dies nicht das Ende war, dass die Geschichte noch weiterging. Dass sie und andere Erleuchtete ohne ihren Erlöser noch irgendetwas zustande bringen könnten, und sei es nur eine übereilte Flucht aus den Fängen der Herrschenden.

Wie in Trance folgte sie Sabeena. In manchen Passagen stützte sie Samuel, der ihr ihre Erschöpfung ansah. Und dann, Lina hatte keine Ahnung, wie lange sie gelaufen und teilweise auch gekrochen waren, umhüllte sie plötzlich die schmutzige, stinkende Luft Minats. Sie waren im Freien. Sie hatten es allem Anschein nach geschafft. Es war unglaublich, Lina war mehr als erstaunt. Niemals hätte sie mit einem Ausweg gerechnet. Es war völlig außer Frage gestanden, dass sie alle ihr Leben in diesem Palast liegen lassen mussten. Doch ganz offensichtlich hatte sie sich getäuscht. Lina wandte sich an Sabeena, die sich völlig außer Atem nach vorne gebeugt hatte, um zu verschnaufen. »Danke«, brachte sie hervor.

Sabeena nickte nur. »Wir müssen weiter«, erwiderte sie, als sie wieder einigermaßen atmen konnte. »Weiter?« Lina war fassungslos. Sabeena schien tatsächlich einen Plan zu haben, wo sie hinkönnten. Damit hatte sie nicht gerechnet. »Wir müssen in unser Versteck, wir können hier nicht bleiben.« Lina und Samuel folgten Sabeena, die wie ein Schatten durch die schmutzigen Gassen der Hauptstadt schlich. Lina bemühte sich, ebenso lautlos und unauffällig zu laufen, doch leider schien die Wunde an ihrem Oberschenkel nicht sehr gut zu verheilen, zumindest fügte sie ihr bei jedem Schritt höllisch stechende Schmerzen zu. Fast so, als würde ihr das Messer durch die Bewegung erneut in das Fleisch gerammt. Lina hatte Mühe, nicht laut aufzustöhnen. Dementsprechend unelegant lief sie hinter den beiden Kriegern des Lichts her, wie ein unpassendes Findelkind. Als sie so erschöpft war, dass sie schon fast um eine Pause bitten wollte, erreichten sie endlich ihr Ziel.

Sie waren am Stadtrand angekommen. Die Häuser und Hütten waren hier noch schäbiger und abgewrackter als in der Mitte der Stadt, wenn das überhaupt möglich war.

Als Lina den Kopf kurz hob, um sich umzusehen, sah sie ein hübsches kleines Gesicht aus einer Kluft in einem der Verschläge hervorsehen. Die großen blauen Augen sahen die Besucher neugierig an, sie hatten eine mysteriöse Tiefe und selbst auf diese Entfernung erkannte Lina, dass darin etwas Faszinierendes lag. Das Kind schien keine Angst zu haben. Dafür war Lina wie vom Blitz gerührt. Sie mussten sich verstecken und nun waren sie entdeckt worden. Das Mädchen sah sie immer noch unverhohlen an und Lina taumelte einen Schritt zurück, wo sie auf Samuels Brust stieß. »Samuel«, flüsterte sie kaum hörbar. »Da ist ein Mädchen.« Lächelnd beugte sich Samuel zu ihr hinab, nickte kurz und blickte dann über ihren Kopf hinweg auf das Kind in der Baracke. Samuel lächelte warm und hob die Hand zum Gruß. Lina war nun völlig fassungslos und folgte seinem Blick. Auch das Mädchen hob die Hand zum Gruß und ihr Mund verzog sich zu einem entzückenden kleinen Lächeln. »Das ist Aurelia. Ich kenne sie schon seit ihrer Geburt.« Samuel machte sich auf den Weg zu der Baracke und ließ Lina ohne weitere Erklärung zurück. Sabeena schien ihre Verwirrung zu bemerken und trat hinter sie. »Diese Menschen sind uns wohl gesonnen. Mehr brauchst du vorerst nicht zu wissen.« Ihre Stimme war weich und mitfühlend. So hatte Lina sie noch nie reden hören. Sie schob eine Hand unter Linas rechten Arm, um sie zu stützen. »Komm, wir gehen hinein.« Mit diesen Worten gingen die beiden jungen Frauen zur Tür des Verschlags und traten ein. Drinnen wurde gemurmelt und als Linas Augen sich an die völlige Dunkelheit gewöhnt hatten, erwartete sie eine Überraschung. Vor ihr saßen in Decken gehüllt am Boden all die Bewohner der Stadt des Lichts, die in den Höhlen unter der Stadt zurückgeblieben waren. Ein Seufzen der Erleichterung fand den Weg aus Linas Brust und sie war unsagbar froh, diese Gesichter wiederzusehen. Die Tränen rannen nur so aus ihren Augen vor lauter Freude. In der hintersten Reihe rappelte sich ein Mädchen auf und lief ihr entgegen. »Sarah!« Die beiden fielen sich in die Arme. Es war so schön, die Kleine unbeschadet in den Armen zu halten. Samuel, der inmitten seiner Freunde einen Platz gefunden hatte, streckte einen Arm nach ihr aus. »Setzt euch zu uns. Es gibt viel zu bereden.«

KAPITEL 46

LOSGELASSEN

Lina

Viele Stimmen gab es zu hören. Jeder kam zu Wort, keine Geschichte blieb ungehört. Vor allem nicht die der Zurückgelassenen in den Katakomben Minats, für die sich die Stunden wie Jahre angefühlt hatten, bis sie schließlich die schreckliche Nachricht über den Abschied ihrer tapfersten Krieger erhielten. Sie konnten ihrem Schmerz Raum geben, mussten ihn nicht in sich hineinfressen und jeder Einzelne von ihnen weinte mit. Die Tränen schienen eine heilende Wirkung zu haben. Die tiefgraue Stimmung klarte langsam auf, so wie der wolkenverhangene Himmel nach einem Gewitter. Alle erzählten sie, wie es ihnen damit ging, versuchten, zu beschreiben, was das alles in ihnen auslöste. Jeder wurde gesehen, jeder wurde gehört. Auch jene Freunde, bei denen sie nun zu Gast waren.

Die Familie war seit jeher tief verflochten mit den Erleuchteten. Nie hatte man sie zu einer Umsiedlung in die Höhlen bewegen können, obgleich ihr Schicksal dort zumindest bis vor ein paar Tagen ungleich leichter gewesen wäre. »Wir sind die Botschafter des Lichts in dieser dunklen Welt«, erklärte Severin, der Vater der Familie, mit sanfter, weicher Stimme. »Wir waren und sind das Tor zwischen der Welt des Lichts und jener hier. Auch wenn die Welt des Lichts gerade nicht mehr in der gewohnten Form existiert. Sie ist nicht weg.« Sein Gesicht war ebenso wie jenes seiner Tochter besonders. Es war nicht so hart und so zerschunden wie die Gesichter jener Bergleute, die sich in Linas Heimatdorf die Klinke der Taverne in die Hand gegeben hatten. Zwar sah man ihm schon auch die harte Arbeit an, doch seine Haut war weder grau noch fahl. Sie sah tatsächlich gesund aus. Und als sie Severin ganz genau beobachtete und dabei einen Blick in seine außergewöhnlich dunkelblauen Augen erhaschen konnte, hätte sie schwören können, dass das Licht in ihnen aufgeflackert hatte. Doch vielleicht hatte ihr auch nur ihr Verstand ein Schnippchen geschlagen. Es war ja schließlich ganz und gar unmöglich, dass einer der Erleuchteten mit seinen auffallend leuchtenden Augen in einer Welt, in der jedermann auf sie Jagd machte, ganz einfach unentdeckt bleiben konnte. Schon gar nicht ein Leben lang. Lina erinnerte sich, wie schwierig es bei ihrer eigenen Flucht gewesen war, nicht entdeckt zu werden. Kein Mensch konnte das so lange durchhalten. Neben Severin saß seine Frau. Auch sie war ungewöhnlich schön, ihre Haut war zwar sehr hell, aber von einem zarten Unterton, der Lina an die frischen Marillen in der Stadt des Lichts erinnerte. Ein unterschwelliges Lächeln umspielte ihre vollen Lippen, alles an ihr schien weich zu sein und sie strahlte eine Geborgenheit aus, wie Lina sie nur bei Serena im Reich der Erleuchteten je erlebt hatte. Das Lächeln spiegelte sich auch in ihren Augen wider. Lina betrachtete sie und lächelte unwillkürlich zurück. Komischerweise fühlte es sich nicht falsch oder unpassend an, hier und unter diesen Umständen zu lächeln. Die Hütte war ärmlich eingerichtet und doch fehlte es ihr nicht an Gemütlichkeit. Sie war sauber und die Herrin des Hauses, Selma, schien ein Faible für Kräuter zu haben. Lina hatte nicht gewusst, dass es in der Welt von Kallan nützliche Grünpflanzen gab. Aber allem Anschein nach wurden sie hier gezüchtet und getrocknet. Es war ein außergewöhnlich schöner, würziger Duft. Eine Mischung aus Rosmarin, Minze und Lavendel, die in Lina Erinnerungen an den prachtvollen Kräutergarten in der Stadt der Erleuchteten hervorrief. Sie schloss die Augen und atmete tief ein. »Schön, nicht?« Selma schien ihre Gedanken erraten zu haben. »Samuel hat mir die Pflänzchen bei seinen Besuchen mitgebracht. Scheinbar brauchen Pflanzen, wie auch Menschen, weniger Licht, wenn sie nicht blühen müssen.« Auch in ihrer Stimme fand sich Selmas Lächeln wieder. Sie vibrierte förmlich vor Positivität.

Es war ganz und gar bemerkenswert. Da saßen sie nun. Gut zwei Dutzend Menschen, denen alles genommen worden war. Die keine Heimat mehr hatten, nichts besaßen als die Sachen, die sie am Leib trugen, und die noch dazu beinahe alle Menschen verloren hatten, die ihnen am Herzen lagen. Sie wurden verfolgt und die Zukunft hielt nichts für sie bereit als den sicheren Tod. Und dennoch, nachdem jeder alles gesagt hatte, sich alles von der Seele geweint hatte, sie all ihre Gefühle inmitten des Kreises ausgebreitet hatten. Sie dargeboten hatten wie die Beute einer Sammeltour durch die Dunkelheit und nichts mehr nur auf einer Seele lag. In diesem besonderen Moment kam eine verwirrend einfache, unspektakuläre Leichtigkeit über sie. Sie hatten gekämpft. Sie alle hatten verloren und ihren Verlust und die Schmerzen geteilt und nun wogen sie nicht minder schwer. Aber sie waren da und sie durften sein. Und mit ihnen durften die Menschen sein. Sie sollten und mussten nichts mehr. All die Erleuchteten saßen auf dem Boden dieser ärmlichen Hütte und es war keine Schwere mehr zu spüren. Nur Annahme und Akzeptanz. Und unter Annahme und Akzeptanz konnte das Licht am hellsten leuchten. Jeglicher Druck und die ganze Verlustangst waren von ihnen genommen und so konnte etwas Neues in ihnen entstehen. Etwas in der Tiefe ihres Seins, einem Ort, der geschützt war vor den Widrigkeiten und den Einflüssen ihrer kranken, dunklen Welt. Eine ganz und gar neue Facette des Lichts, die in ihrer Sanftheit und Weichheit nicht mit den lodernden Feuern vor dem Kampf vergleichbar war. Doch dieses Licht schien beständiger und echter als alles, was zuvor da gewesen war.

Irgendwann verstummten die Stimmen und alles war gesagt. Sie waren noch immer verloren und ohne Plan.

Der nächste Tag lag verborgen im dunklen Schatten des Schicksals. Aber es war nicht wichtig. Nichts schien mehr wichtig in der Zukunft. Sie waren hier, sie waren zusammen und das war mehr als genug in diesem Moment. Und dieser Moment war alles, was zählte. Sie saßen da, im Kreis, und spendeten einander alles, was sie zum Sein brauchten, und nach und nach schliefen sie ein. Aneinander gelehnt und in absolutem Frieden. Wenigstens für diesen Augenblick war zwar alles verloren, aber auch alles gut.

Als Lina am nächsten Morgen ihre Augen öffnete, war es genau gleich und doch hatte sich alles verändert. Um sie herum herrschte aufgeregtes Geplapper. Alle Erleuchteten scharten sich um die Gastgeberfamilie und schienen ganz und gar aus dem Häuschen zu sein. Lina rieb sich die Augen. Selten hatte sie dermaßen ruhig und gut geschlafen. Nichts hatte sie in dieser Nacht angetrieben. Sie hatte weder etwas gefürchtet noch hatte sie irgendwelche Erwartungen an den kommenden Tag und das war wirklich sehr beruhigend. Sie reckte und streckte sich und dann machte sie sich auf, um zu sehen, was denn ihre Gefährten in so sprudelnde Aufgeregtheit versetzt hatte. In der Mitte des Menschenbündels und des Geschnatters saßen Severin, Selma und Aurelia. Sie hielten einander eng umschlungen und strahlten über das ganze Gesicht. Das kleine Mädchen, Lina schätzte es auf etwa sechs Jahre, erhob als Erste ihren Blick in Linas Richtung und ihr Atem stockte sogleich. Die Augen des Mädchens, sie leuchteten. Hell und irisierend, mit einer tiefblauen, intensiven Tönung leuchteten sie. Da, wo gestern noch gewöhnliche, wenn auch außerordentlich schöne blaue Augen gewesen waren, strahlten nun die auffallendsten Merkmale eines Erleuchteten in all ihrer Pracht. Es war ansteckend. Das, was bei ihr funktioniert hatte, konnte auch bei anderen funktionieren. Lina war ganz außer sich. Denn langsam, aber sicher dämmerte ihr die volle Tragweite dieser Erkenntnis. Vielleicht waren sie doch nicht verloren.

KAPITEL 47

DER BITTERE GESCHMACK DES SIEGES

Kallan

Selten hatte Kallan eine derart überwältigende Wut in sich gespürt. Der Hass sammelte sich in seinem Inneren und drohte, ihn zu zerreißen. Es war, als gäbe es nichts mehr anderes als diese Wut. Er konnte kaum noch einen klaren Gedanken fassen. Alles in ihm fokussierte sich auf eine Frage: Wie zur Hölle konnten zwei unscheinbare erleuchtete Ratten aus seinem Kerker entfliehen? Von wie viel Inkompetenz konnte man nur umgeben sein? Seine Kiefer waren so fest zusammengepresst, dass man die Zähne knirschen hören konnte. Sie verursachten ein unangenehmes, durchdringendes Geräusch, fast mit jenem eines Messers auf Porzellan vergleichbar. Kallans Zorn war nicht nur hörbar, er war auch sichtbar. Seine Augen waren zu kleinen Schlitzen zusammengekniffen und es gab kaum einen Millimeter in seinem Gesicht, der nicht von Falten durchzogen war, vor lauter Anspannung. Vor ihm knieten seine Wachen. Die Erleuchteten hatten sie bei ihrer Flucht nicht getötet, obwohl ihre Nachlässigkeit sie nichts anderes als den Tod verdienen ließ. Also kümmerte sich Kallan nun persönlich darum. Obwohl er zugeben musste, dass er immer weniger Leute hatte. Die Krieger, die in den beiden Kämpfen mit den Erleuchteten gefallen waren, fehlten in seiner Garde. Schließlich waren es gute einhundert Männer gewesen. Doch das war kein Grund, hier Gnade walten zu lassen. Seine Untertanen und vor allem die anderen adeligen Familien mussten sich auf seine Durchschlagskraft und auf seine Erbarmungslosigkeit im Umgang mit Fehlern verlassen können. Und so hatte er sogleich seinen stärksten verbliebenen Trupp auf die Suche nach den Entflohenen geschickt und kümmerte sich persönlich um jene, die durch ihre Unachtsamkeit diese Misere herbeigeführt hatten.

Langsam, beinahe bedächtig schlich er um die drei knienden Dragoons herum. Wie ein Gepard, der seine Beute in der Falle wusste, es aber noch ein wenig auskosten wollte. Vor allem brauchten Kallans Zorn und sein abgrundtiefer Hass so sehr ein Ventil, dass es mit einem schnellen, schmerzlosen Tod für die drei Soldaten nichts werden würde. Er genoss es, einen nach dem anderen zu bestrafen, ihnen Schmerzen zuzufügen und sie zu quälen.

Jeder ihrer Schreie nahm etwas von seinem Hass mit sich und verschaffte ihm so Erleichterung. Und so riss er Fingernägel aus ihrer Verankerung und häutete die Söldner so lange, bis sie um den Tod flehten. Alles in der sicheren Gewissheit, dass die anwesenden Vertreter der fünf bedeutenden Familien der Dynastie seine Grausamkeiten weitertragen würden. Sie würden berichten, von seiner Unbarmherzigkeit und seinem Blutdurst. Das würde die Ehrgeizigen unter ihnen davon abhalten, das Entkommen der beiden Erleuchteten als Schwäche zu werten. So erfüllte das Stillen seiner eigenen Bedürfnisse nach Rache auch noch einen höheren Zweck. Und wenn seine Bluthunde mit den beiden Entflohenen wieder zurückkehrten, dann wäre die Ordnung wieder hergestellt und er würde von keiner Seite mehr bedroht werden.

Kallans Leibwachen zerrten die erste Leiche aus dem Regierungssaal. Nachdem der Dragoon durch all die Schmerzen ohnmächtig geworden war, hatte er die Lust verloren und ihn getötet. Die beiden anderen erlöste er etwas schneller. Seine Wut hatte er schon recht gut kanalisiert und so war er auch wieder in der Lage, einen klaren Gedanken zu fassen. Etwas in ihm rumorte jedoch noch, und das nicht erst, seit er die Nachricht vom Verschwinden der Erleuchteten gehört hatte. Das Mädchen mit den grün leuchtenden Augen. Es war sehr seltsam. Nichts an ihr bis auf das Licht in ihrem Blick war den Erleuchteten zuzuordnen. In all den Jahren, in denen er und seine Krieger diese Menschen gejagt hatten, hatten sie gelernt, sie auch noch an anderen Charakteristika zu erkennen. Etwa an ihrer relativ dunklen Hautfarbe. Oder an den eher kantigen Gesichtszügen. Sie sahen sich alle irgendwie ähnlich, was an der Begrenztheit der Fortpflanzungsmöglichkeiten liegen mochte. Und im Vergleich zu den Gewöhnlichen, die an der Oberfläche lebten und unter seiner Herrschaft dienten, waren sie um einiges größer und viel kräftiger. Das Mädchen, das augenscheinlich die Geliebte des Anführers der Erleuchteten war, verfügte über keine einzige dieser Eigenschaften. Sie war ausgesprochen klein und sehr zierlich. Man hätte sie fast für ein Kind halten können. Ihre Gesichtszüge waren zart und fein.

Plötzlich durchfuhr es Kallan wie ein Blitzschlag. Während die beiden anderen Soldaten hinausbefördert wurden und die Abgesandten der Adeligen den Saal verließen, war Kallan plötzlich klar: Die Gefahr war noch nicht gebannt. Es war ansteckend! Er hatte es geahnt, aber ihm war die Tragweite dieser Erkenntnis bisher nicht klar gewesen. Das Mädchen war der Grund, warum sich der Späher der Gruppe so weit von dem Unterschlupf entfernt hatte. Er hatte sie entdeckt. Es erklärte auch, warum sie von den Dragoons auf halbem Weg Richtung Minat aufgegriffen wurde. Damit war auch ihre ungeschickte Art erklärt. Noch nie war eine Erleuchtete in einer Taverne, die üblicherweise die Raststätten der Patrouillen waren, aufgeschnappt worden. Gewöhnlich waren die Krieger des Lichts, wie sie sich selbst nannten, schlauer. Doch sie war keine gewöhnliche Erleuchtete, sie war etwas ganz Besonderes. Sie hatte sich angesteckt und was einmal möglich war, konnte auch wiederholt werden. Sie war somit der

Schlüssel zu einer echten Revolution. Das war Kallan nun klar. Der alte Späher hatte es erkannt. Nur deshalb hatte er sich schnappen lassen, um von dem Mädchen abzulenken. Doch sie war zu unerfahren und zu tollpatschig, um es alleine nach Minat zu schaffen. Der Anführer hatte sie geholt. Er war für den Überfall auf das Bataillon der Dragoons verantwortlich. Einen Lichtblick gab es. Sie wussten allem Anschein nach nicht, wie es funktionierte, sonst hätten sie schon sehr viel mehr Erleuchtete geschaffen. Denn auch wenn die weißblütigen Menschen einen evolutionären Vorteil durch den Vulkanausbruch vor Hunderten Jahren erhalten hatten, so waren sie doch in der Minderheit. Es gab in ihrem Reich und in der Welt generell sehr viel mehr gewöhnliche Menschen als die Herrschenden. Sollten viele von ihnen plötzlich die Eigenschaften des Lichts erhalten, wäre es mit ihrer Regentschaft schnell vorbei. Sie musste gefunden werden. Um jeden Preis. Koste es, was es wolle. Kallan rief nach seinen Leibwachen. »Alle verfügbaren Kräfte sollen sich sofort hier einfinden«, blaffte er sie an. »Mein Herr, unsere Wachen besetzen schon nur mehr jeden zweiten Posten. Wir haben keinen freien Mann mehr.« Kallan presste seine Lippen aufeinander. Er hasste es wie die Pest, wenn ihm widersprochen wurde. »Ich sagte: ‚ALLE Kämpfer zu mir!'« Diesmal war seine Stimme noch lauter und bestimmter. Man konnte den Zorn darin hören. Und diesmal widersprach ihm niemand.

»Wenn du das Feuer löschst, sei gründlich. Denn lässt du auch nur einen kleinen Funken übrig, so wird es sich erneut entfachen.«

KAPITEL 48

DÄMMERUNG

Lina

In der kleinen Hütte am Rande der Hauptstadt des Reichs von Kallan waren derweilen ganz und gar unübliche Szenen zu beobachten. Ein gutes Dutzend erleuchtete Menschen saßen zusammen und strahlten um die Wette. Die Angst war die Dunkelheit und die Dunkelheit hatte keinen Platz zwischen ihnen. Das Licht hatte alles, was auch nur im Entferntesten damit zu tun hatte, vernichtet. Und so schenkten sie dem Treiben außerhalb ihrer kleinen heilen Welt nicht die geringste Beachtung. Mag sein, dass das Poltern, das Klirren und das Geschrei den Weg an ihre Ohren fanden. Doch keiner der Gefährten maß alldem auch nur den Hauch einer Bedeutung bei. Sie reagierten schlicht nicht darauf. So als wären sie in Trance und geblendet. Keiner von ihnen zuckte zusammen, als nun auch die Türen ihrer Hütte aufgebrochen wurden. Sie erschreckten sich nicht, drehten sich noch nicht einmal um. Für die Kämpfer Kallans war das alles mehr als verwirrend. Sie hatten ja schon allerhand gesehen. Angst und Hass waren sicher die häufigsten Emotionen, die ihnen entgegenschlugen. Aber mit Gleichgültigkeit waren sie wahrhaft noch nie in Berührung gekommen. Fragend sahen sie einander an und als auf ihre Schreie und Drohungen nicht reagiert wurde, begannen sie, die Flüchtigen wortlos und ohne jede Gegenwehr abzuführen. Die Erleuchteten ließen sich einer nach dem anderen vom Boden hochzerren und aus dem Raum schaffen. Sie legten bereitwillig die Arme hinter den Rücken, um sich die Handschellen anlegen zu lassen. Immer wenn einer aus dem Raum geführt wurde, nickten die Verbleibenden ihm wohlwollend zu. Das Lächeln in ihren Augen blieb bestehen. Die Augen und die Haut der Krieger des Lichts strahlten in ungebrochener Helligkeit und schienen die Dragoons fast zu blenden. Wie gesagt, es bot sich ein sonderbares Bild für alle Beobachter.

In einer schönen, geordneten Schlange zogen sie ab. Jedem Gewöhnlichen war das Bild fremd und neu, weshalb sich binnen weniger Minuten eine Ansammlung entlang der Straßen bildete. Die Leute waren sehr wohl an Abführungen und Verhaftungen gewöhnt. Aber zum einen hatten die meisten von ihnen noch nie einen Erleuchteten in natura gesehen. Es gab Gerüchte über eine schlimme Krankheit, bei der die Augen zu leuchten begannen. Doch diese Leute, die mit angesetzten Pistolen durch die Stadt getrieben wurden, sahen ganz und gar nicht krank aus. Sie strahlten und sahen gesünder und frischer aus als alle

Menschen, die sie bisher gesehen hatten. Und zum anderen, und das war das noch weit Ungewöhnlichere: Sie lächelten. Sie waren verhaftet worden und sahen den schlimmsten Schmerzen und am Ende dem Tod entgegen und sahen doch zufriedener und freundlicher aus, als man es sich vorstellen konnte. Lina ging an vorletzter Stelle der Erleuchteten. Hinter ihr war nur noch Samuel. Jeder von ihnen wurde selbstverständlich von einem Dragoon geleitet. Sie blickte in die Gesichter der Menschen, die sich am Wegesrand tummelten wie eine Schar Fliegen um den Mist. Sie sahen nicht wütend aus oder gehässig. Alles, was sie in ihren Gesichtern erkennen konnte, waren Neugier und Erstaunen. Lina war begeistert. Ihr Lächeln wurde noch ein wenig breiter. Sie hatten wirklich eine Chance.

Die Krieger der Dunkelheit führten die Erleuchteten durch die Menschenmengen von Minat hin zum großen Platz. Dort ging es durch das große Tor hinein in Kallans Palast. Für Lina mutete es seltsam an, nach einem Tag in Freiheit fast freiwillig wieder zurückzugehen. Nichts war mehr geheim, nichts versteckt. Vor nicht einmal 24 Stunden waren sie unter riesigen Risiken geflohen, getrieben von Angst und Schrecken. Und jetzt kamen sie zurück, voll Gleichmut und Zuversicht.

Lina schloss, während sie so durch das Innere des Palasts mit all seinen Schätzen, mit all der Schönheit und all seinen schrecklichen Schwingungen ging, immer wieder die Augen. Das Licht in ihr war so präsent, dass sich Lina wunderte, dass sie nicht schon in Flammen stand. Jede ihrer Zellen vibrierte in freudiger Aufregung. Alles in ihr schien zu schwingen und es war nichts als Licht. Sie wurde geleitet und geführt. Das Licht hatte einen Plan, dessen war Lina sich nun ganz und gar gewiss. Und langsam bekam Lina das Gefühl, dass es diesen Plan schon sehr lange hegte. Dass all der Verlust und all der Schmerz, die Grausamkeiten und das Leid genau hierhin führen sollten. Es war unfassbar schwer zu begreifen und noch schwerer zu beschreiben, doch da war eine unumstößliche Gewissheit in ihrem Inneren. Nichts hätte sie in diesem Moment davon abhalten können, daran zu glauben.

Sie wurden an den Sälen der Regierenden vorbeigeführt. Hinauf in das oberste Stockwerk, wo sich Kallans Privatgemach befand. Da hielt der kleine Konvoi an und der General der Dragoons klopfte an die Tür. »Herein!« Lina war immer wieder erstaunt ob der Kraft und Lautstärke, die Kallans Stimme zustande brachte. Der Befehlshaber der Dragoons trat ein und ließ sie auf dem langen Gang zurück. Lina sah sich um. Sie suchte die Blicke ihrer Mitstreiter. Auch sie mussten am Licht festhalten und ein Blick auf sie genügte, um zu wissen, dass sie das taten. Alle Gefangenen strahlten. Ihre Haut war wie von einem Schimmer überzogen, der auch noch die umliegende Luft zum Leuchten brachte. Lina war fasziniert. Sogar Aurelia und ihre Eltern leuchteten und strahlten heller als alles, was sie noch gestern für möglich gehalten hatten. Es war unglaublich. Das Leuchten schien sogar ganz unterschiedliche Farben zu haben, die wie in Wellen durch die Luft um die erleuchteten Menschen zogen. Wunderschöne Schauspiele des Lichts boten sich ihnen. Sogar die Krieger der

Dunkelheit schienen fasziniert. Zumindest soweit man das durch ihre Masken erkennen konnte. So standen sie da, im Angesicht des Feindes. So voller Zuversicht und Vertrauen, ohne den Hauch eines Plans. Ganz und gar ergeben. Ohne jeden Zweifel. Das Licht würde ihre Seelen führen und sei es durch die Dunkelheit in eine andere Welt.

KAPITEL 49

TRIUMPH

Kallan

Kallan war zufrieden. Und das war ein überaus seltsamer Zustand für den Herrscher des dunklen Reichs. Dessen war er sich bewusst. Er hatte die schlimmste Bedrohung seit sieben Generationen überwunden. Seine und die Herrschaft Jener, die nach ihm kommen würden, waren wieder sicher. Seit vor mittlerweile über 300 Jahren, als der riesige Vulkanausbruch sie in die Lage evolutionärer Vorteile gebracht hatte, war das Königreich nur einmal in der zweiten Dekade unter König Kiron in ernste Bedrängnis geraten. Damals hatte sich das Klima zu erholen begonnen und die Staubschicht, die der Vulkanausbruch hinterlassen hatte, begann, sich zu lichten. Seine Vorfahren hatten die Gefahr, die mit dem Verlust der evolutionären Vorteile einherging, erkannt und in einer unvergleichlichen Aktion die riesigen Maschinen bauen lassen, die den Bergkessel, in denen ihr Reich beheimatet war, mit Staub befüllten. Im Reich der Edelblütigen wurde Kiron noch heute als Retter gefeiert. Die Gewöhnlichen glaubten immer noch, dass die Fabriken dazu da waren, ihre Versorgung zu gewährleisten, was ihnen auch von dieser Seite Gehorsam einbrachte. Nun, über 300 Jahre später, würde er der nächste Retter sein. Und er mochte sich nicht damit begnügen, die bekannte Welt im Geheimen gerettet zu haben. Er wollte dasselbe wie Kiron. Er wollte den Ruhm und die Ehrfurcht und es war ihm ganz und gar klar, wie er das erreichen konnte. Es musste gesehen werden, von allen.

»Dragoons!«, rief er. »Sichert die Gefangenen und schickt die restlichen Soldaten in die Stadt. Treibt alle zusammen. Versammelt sie auf dem Hauptplatz.« Sofort wurde der Auftrag ausgeführt. Die überschüssigen Krieger entfernten sich binnen weniger Augenblicke und Kallan bedeutete den restlichen Dragoons, mit den verbliebenen Erleuchteten einzutreten. Er konnte es kaum erwarten, die Lorbeeren, die er mit seiner Gewissenhaftigkeit verdient hatte, zu ernten. Doch als die Gefangenen den Raum betraten, war seine Freude mit einem Mal wie weggeblasen. Was war das denn? Das Licht schien sich ausgebreitet zu haben. Es beschränkte sich nicht mehr nur darauf, aus den Augen zu leuchten. Es umhüllte die Erleuchteten nun komplett und strahlte von ihnen aus. In den Gesichtern der Gefangenen fand er keine Angst und kein auch noch so kleines Zeichen von Hass mehr. Da war nichts als Zuversicht und ein verklärtes Lächeln. Die Truppe war äußerst überschaubar. Kallan zählte nicht mehr als 23 Seelen, davon die meisten Frauen, Kinder und ein paar Greise. Das war nichts, vor dem man auch nur den geringsten Respekt haben musste. Doch dieses Strahlen, dieses Licht. Es war zu viel, es war ganz eindeutig zu hell. Unmöglich, es nicht als Bedrohung für die Dunkelheit, die aufrechtzuerhalten essenziell für die Herrschaft der Edelblütigen war, zu sehen. Es war schon erstaunlich, dass die Evolution es fertigbrachte, einen Mangel, der in der äußeren Umwelt über Generationen bestand, durch eine Anpassung im Inneren zu kompensieren. Und wäre die Situation, wie sie sich nun darstellte, nicht so brandgefährlich und so bedrohlich für seine gesamte Existenz und alles, was ihm lieb und teuer war, gewesen, so hätte sie ihm fast ein bisschen Ehrfurcht abringen können. Aber die Situation erlaubte keine Fehler und keine falschen Eindrücke. Die Gesichter der Erleuchteten sprachen Bände. Sie waren sich der Tragweite der Ausbreitung des Lichts durchaus bewusst. Es war in ihren Augen zu sehen und in dem entrückten Lächeln. Sie waren siegessicher und das musste so schnell wie möglich geändert werden. Instinktiv wusste Kallan um die Verbindung zwischen der Einstellung der Erleuchteten und der Intensität des Lichts. Es musste gebrochen werden. Sie mussten gebrochen werden und es durfte keinerlei Zeit mehr verschwendet werden.

Kallans Miene verdunkelte sich zusehends. Er schloss die Augen, um sich zu sammeln. Hunderte Gedanken schossen ihm gleichzeitig durch den Kopf. Was war zu tun? Plötzlich traf es ihn wie ein Blitz. Die Lösung, sie lag direkt vor seinen Augen. Er hatte sie schon geplant. Alles war bereit. Er würde das letzte Fünkchen Licht in seiner Welt so ausmerzen, wie er den Anführer der Erleuchteten ausgemerzt hatte. Nur dass dieser Kampf nicht im stillen Kämmerlein stattfinden würde. Er würde allen zeigen, dass auf ihn als Anführer Verlass war. Diese Krankheit, die das Licht darstellte, würde von ihm höchstpersönlich vernichtet werden und er hatte auch schon den passenden Rahmen für sein Vorhaben geschaffen. Vor dem Palast auf dem großen Platz standen Tausende von Menschen. Sie alle warteten auf eine Ankündigung, doch sie würden so viel mehr als das zu sehen bekommen. Nichts Geringeres als die vollständige Auslöschung des Lichts würde ihnen dargeboten werden. Und er würde mit dem stolzen Mädchen, das ihn aus der ersten Reihe anstrahlte, beginnen.

KAPITEL 50

VORAUS

Lina

Wie einfach, wie mühelos ihr Licht gerade zu halten war, überraschte Lina selbst. Sie stand hier, im Angesicht des Feindes. Des Mannes, der ihr alles, was sie je geliebt hatte, genommen hatte. Jenes Mannes, der für so viel Leid in ihrem Leben, ja in der gesamten Welt, wie sie sie kannte, verantwortlich war. Und sie alle standen da und strahlten ihn an. Nicht der Hauch eines unguten Gefühls beschlich sie und in ihrem Herzen konnte nichts als Liebe und Licht bestehen. Es war ein wundervolles Gefühl. Sie besaßen nun etwas, was ihnen nicht mehr genommen werden konnte. Man würde sie mit Sicherheit foltern und aller Wahrscheinlichkeit nach töten. Doch ihre Einstellung und damit verbunden das Licht in ihrer Seele konnte nicht getötet werden. Es war beständig. Vielleicht konnte es seine Form verändern. Doch es war wie mit der Energie. Sie konnte nicht besiegt werden. Bei diesem Gedanken musste Lina noch ein wenig mehr grinsen und sie spürte, wie das Licht um sie herum zu flirren und zu vibrieren begann. Kallan bemerkte die Veränderung und er reagierte mit noch mehr Finsternis in seiner Miene. Er würde sie bekämpfen. Doch am Ende würde das Licht bestehen, das fühlte Lina tief in ihrem Inneren. Ob es in dieser Welt, in diesem Leben sein sollte oder im nächsten war einerlei. Und so strahlte sie den Herrscher der Finsternis weiter an. Wohl wissend, dass er es als persönliche Provokation ansehen und umso härter gegen sie alle vorgehen würde. Es war egal.

Kallans ohnehin kleine Augen zogen sich zu kaum sichtbaren Schlitzen zusammen. Man konnte sie nur mehr erahnen. Und seine Lippen wurden zu einem schmalen Strich. Des Herrschers Stirn legte sich in tiefe Falten und er schrie aus vollem Hals. »Hinaus mit ihnen!«, plärrte er seine Soldaten an. »Stellt sie an die Wand! Alle bis auf dieses Mädchen!« Er deutete auf Lina. Grob wurden die Erleuchteten an den Armen gefasst und hinausbefördert. Obwohl keiner von ihnen auch nur das geringste Zeichen des Widerstands leistete, hatten die Soldaten das Gefühl, Härte walten lassen zu müssen. Nur so konnten sie dem Zorn ihres Anführers Genüge tun, auch wenn sie die Vorgehensweise nicht ganz verstehen konnten.

Der Weg war nicht weit und durch den schlichten Gehorsam der Gefangenen war er in einigen Minuten zurückgelegt. Sie marschierten durch die meterhohen, vornehm glitzernden Hallen des Palasts. Nur ihre Schritte waren zu hören. Niemand machte sonst irgendein Geräusch. Die Stimmung war bemerkenswert ruhig, fast gespenstisch. Mit einem strahlenden Lächeln im Gesicht legten die Erleuchteten den Weg zurück. Wenn man bedachte, dass sie ihrer Hinrichtung entgegengingen, wirkte das Bild bizarr. In den hoch polierten, weißen Marmorwänden spiegelte sich ihr Leuchten und so war es, als zöge die Sonne höchstpersönlich durch die Wege der Finsternis. Die Hannix, die die Gefangenen geleiteten, waren in einer eigenartigen Stimmung. Eigentlich hätten sie sich auf die Hinrichtungen freuen sollen. Schließlich hatten sie diejenigen Personen vor ihnen, die sie jahrzehntelang gejagt und verfolgt hatten. Ihre Ergreifung und vor allem ihr Tod würden ihnen in Zukunft mit Sicherheit ein ruhigeres Leben bescheren. Doch sie fühlten etwas anderes. Etwas, was sie noch nie gespürt hatten. Eine ganz und gar ungewöhnliche Wärme durchströmte sie und hinterließ auf den Gesichtern der Kämpfer seltsam entrückte Ausdrücke.

Sie näherten sich den riesigen Flügeltüren, die in den prachtvollen Innenhof des Herrscheranwesens führten, und schon von weitem konnten sie das laute Stimmengewirr hören. Es mussten Tausende von Leuten im Hof versammelt sein. Die Seitenränge von Kallans großer Bühne waren zuhauf mit Zusehern gefüllt worden. Ganz seinem Wunsch entsprechend. Die Gefangenen wurden der Reihe nach hinausgeführt. Die grandiose Bühne des Königs wurde gefüllt mit Verrätern. Doch diese Verräter sahen nicht aus, wie sie aussehen sollten. Die Menge auf dem

Platz war mucksmäuschenstill. Fasziniert beobachteten sie die Gestalten, die eigentlich aussahen wie sie und doch so viel mehr waren. Sie sahen das Lächeln und das Leuchten. Die Zufriedenheit und das Strahlen und ein Raunen gingen durch die Menge. Jeder Mann und jede Frau, jeder Greis und jedes Kind blickten voller Ehrfurcht auf diese Menschen, die so normal und doch so besonders waren. Und obwohl noch niemand von ihnen Hoffnung verspürt hatte, musste es genau das sein, was sie nun erfüllte und ehrfürchtig erstarren ließ. Auf der Bühne reihte sich ein Leuchtender an den nächsten. Ihr Lächeln erstarb nicht. Ganz im Gegenteil. Wenn das überhaupt möglich war, so lächelten sie sogar noch herzlicher.

Lina wurde an dem Tor vor der Bühne aufgehalten. Die Soldaten hatten Anweisung, sie erst hinauszulassen, wenn Kallan den Balkon betreten und sie angekündigt hatte. Und da öffnete sich auch schon das Tor des Balkons, der gut zwanzig Meter über der Bühne des Palasts angebracht war. Er war, wie das meiste des Schlosses, aus weißem Marmor gefertigt. Die Steinmetze hatten ihn nach den Plänen des großen Kenan angefertigt. Zwei riesige Löwenmäuler waren an den Seiten des Balkons in Stein gehauen und vermittelten auf eindrucksvolle Weise die Macht und die Durchsetzungskraft der herrschenden Hannix. Kallan trat auf den Balkon und zunächst war nichts von der Menge zu hören. Erst als die Dragoons, die in einigen Metern Abstand rund um die Leute aufgestellt waren, die Menge mit Warnschlägen und Zurufen dazu animierte, bewegte sich etwas in der Ansammlung und verhaltener

Jubel war zu vernehmen. Kallan wirkte unzufrieden, als er die Hand hob, um das Geräusch zum Verstummen zu bringen. »Ihr Bürger von Minat und den umliegenden Gauen«, begann er seine Rede. Seine Stimme war wie immer tief polternd und bedrohlich laut. Dieser Eindruck wurde durch das Mikrofon und die vielen Verstärker, die rings um den Platz aufgestellt worden waren, noch zusätzlich intensiviert.

»Über Jahrzehnte haben ich und meinesgleichen euch beschützt und euer Leben verteidigt. Wir haben euer Überleben überhaupt erst möglich gemacht.« Er ließ eine Pause, um die Eindringlichkeit seiner Worte wirken zu lassen. Die Menschen standen mit gesenkten Köpfen auf dem Platz. Niemand hätte es gewagt, zu widersprechen oder auch nur den Hauch eines Zweifels zu äußern. »Dafür verlangen wir Respekt«, fuhr er fort. »Bedingungslosen Respekt und Gehorsam.« Wieder ließ Kallan eine kleine Pause in seiner Rede. Er war sich der Wirkung dieser bedrohlichen Pausen im Text bewusst. Als er fortfuhr, hielt er sich das Mikrofon ganz nah an seinen Mund. Das Rauschen der Lautsprecher im Takt seines Atems ließ eine noch bedrückendere Stimmung entstehen. »Doch dieser Respekt und die uns zustehende Dankbarkeit wurden uns verweigert.« Diesmal sprach er leise und zischte beinahe. Langsam wurde er lauter und noch viel bedrohlicher. »Das wird von uns nicht toleriert«, schrie er. »Diese Rebellen werden bezahlen.« Mit diesen Worten legte er sein Mikrofon auf die Seite und machte sich über die kunstvoll geschwungene, weiße Treppe auf den Weg nach unten. »Bringt sie zu mir!«, brüllte er in Richtung des Tores, hinter jenem Lina mit dem Dragoon stand. Dieser setzte sich augenblicklich in Bewegung und schob Lina vor sich her.

KAPITEL 51

ÜBERLEGENE DUNKELHEIT

Kallan

Der Dragoon führte Lina ganz nach vorne und zwang sie mit einem groben Griff in die Knie. Danach verbeugte er sich vor seinem Gebieter und entfernte sich rückwärts in Richtung der anderen Gefangenen. Keine Gefühlsregung war in seinem Gesicht ersichtlich. Es war blass und kalt, ganz und gar ebenmäßig. Neben Lina stand nun Kallan und blickte abschätzig auf sie herab. Er hätte sie schnell und unspektakulär töten können. Ein Schlag mit seinem Schwert hätte genügt und das leuchtende Mädchen vor ihm wäre für immer von dieser Welt gegangen. Doch der König der Hannix und der Gewöhnlichen wusste um ihre Bedeutung und er wollte an diesem dürren Wesen ein Exempel statuieren. Es sollte eine Warnung sein und ein

Weckruf für all jene, die an seiner Allmacht und an seiner Herrschaft zweifelten. Eine Demonstration von Macht und Stärke und vor allem von Unbesiegbarkeit. Und so bückte er sich schnitt dem Mädchen die Fesseln durch und zog sie grob hoch. Erneut wandte er sich an seine Untertanen. An die Gewöhnlichen, aber auch an die Adeligen. Die Hannix, die Herrscherfamilien, hatten sich am Rand der Bühne auf ihren Rängen versammelt, um das angekündigte Schauspiel zu verfolgen. Sie sahen gebannt zu und in ihren teils argwöhnischen Blicken konnte Kallan nicht nur Wohlwollen entdecken.

»Ihr werdet nun Zeuge eines Kampfes werden. Dieses Mädchen repräsentiert den Verrat und den Zweifel. Ich kämpfe für euch. Für alles, was wir uns in den letzten dreihundert Jahren aufgebaut haben, nachdem die Menschheit an der Kippe zum Untergang stand.« Er blickte zu dem Mädchen hinab und ärgerte sich sogleich darüber. Das unverblümte Lächeln und die Selbstsicherheit in ihrer Haltung ließen ihn kurz straucheln. Ihr Blick richtete sich hinaus in die Menge. Ihre Augen leuchteten so hell, dass einen das blanke Hinsehen beinahe schon blendete, und auch ihr Körper war von einem Scheinen umgeben. Schnell fasste der Herrscher des Reichs sich wieder und bemühte sich um den unbarmherzigen Ton in seiner Stimme, der alle Untertanen erzittern ließ. »All das wird angezweifelt. Die Rebellen haben sich verschätzt. Sie beißen gedankenlos und unverfroren die Hand, die sie seit drei Jahrhunderten füttert. Dieses unverschämte Verhalten dieser Schmarotzer werden wir nicht ungestraft lassen. Dies ist die Anführerin der Verräter. Sie soll die beste ihrer Krieger sein und ich werde euch ihre Machtlosigkeit demonstrieren.« Ein kaum hörbares Raunen ging durch die Zuschauerränge. Offensichtlich hatte keiner damit gerechnet, dass der König sich selbst die Hände schmutzig machen würde. Doch Befehle geben konnte jeder. Kallan würde ihnen seine ganz persönliche Stärke und seinen Willen, seine Macht durchzusetzen, zeigen. Sodass niemals wieder irgendjemand, Hannix oder nicht, auch nur den leisesten Zweifel an seiner Legitimität als Herrscher äußern konnte.

Das Mädchen erhob sich anmutig wie fließende Seide aus ihrer gebückten Haltung. Ihr heller Schein nahm noch einmal mehr Raum ein. Ihr Licht fraß die Dunkelheit. Ihre Gesichtszüge waren friedlich und so entspannt, wie Kallan es bisher nur bei Körpern gesehen hatte, aus denen das Leben bereits vollständig entwichen war. Sie richtete ihren Blick auf ihn. Sah ihm direkt in die Augen. Und wieder lief ihm ein eigenwilliger Schauer über den Rücken. Er hatte das seltsame Gefühl von Verbundenheit, wenn auch nur für den Bruchteil einer Sekunde. Ärgerlich trat der mächtigste Mann der Welt einen Schritt zurück, um etwas mehr Raum zwischen ihn und diese Unruhestifterin zu bringen. Er würde das alles jetzt beenden. Dann würde endlich wieder Ruhe herrschen. Die Machtposition der Hannix und auch seine persönliche Machtposition würden für die nächsten Jahrzehnte gesichert sein. Zumindest solange, wie der menschliche Körper keine neuen Mutationen hervorbrachte. Nun richtete Kallan seinen ganzen Zorn und den tief empfundenen Hass auf das zierliche Mädchen vor ihm und konzentrierte sich voll und ganz auf ihre Vernichtung. Mit seinen Soldaten war die Hinrichtung der restlichen Erleuchteten, die in Reih und Glied hinten an der Mauer standen, besprochen, sobald das Mädchen gefallen war. Sie sollten ihre Hoffnung sterben sehen, ehe sie selbst das Zeitliche segneten. Er wollte diese selbstgefälligen Fassaden in ihren Gesichtern fallen sehen. Beim Gedanken daran musste er grinsen. Möge der Kampf beginnen. Er würde nicht lange dauern…

KAPITEL 52

ANNAHME

Lina

Stille und Frieden durchströmten Lina angesichts ihres nahenden Todes. Ja, tatsächlich waren diese Gefühle vorherrschend, als sie dem Herrscher der Dunkelheit gegenüberstand. Sie war erfüllt von Licht, sie war so sehr davon in Besitz genommen, dass kein Platz mehr war für Hass. In jeder ihrer Zellen war die Erleuchtung nun angekommen und selbst der Mann, der so viel Leid über sie und über die ganze Menschheit gebracht hatte, vermochte in ihr keinerlei negative Gefühle mehr hervorzurufen. Alles war gut. Egal wie es ausgehen würde. Irgendwie würde alles gut werden.

Dessen war sich das Licht in ihr gewiss. Wenn nicht auf dieser Welt, wenn nicht in diesem Leben, dann im nächsten. Und so frei von Angst begann sie den Kampf. Doch Lina kämpfte nicht im herkömmlichen Sinn. Sie war ganz und gar Licht. Sie spürte, dass das Licht, dieses unfassbar kräftige und gewaltige Element, selbst den Kampf in die Hand nahm, so wie es das schon einige Male zuvor getan hatte. Doch nun war es anders. Lina war anders. Sie war eins mit der universellen Quelle des Lichts selbst. Keine Trennung existierte mehr. Jede von Linas Zellen war das Licht. Ihr Körper leuchtete, als sie sich vor Kallan aufbaute. Er schien allein in diesen letzten Sekunden um einige Zentimeter gewachsen zu sein. Jeder Muskel war angespannt, als sie aus dem Stand in die Höhe sprang und die Schwerkraft ungeniert Lügen strafte. In der Luft drehte sie sich und versetzte mit ihrem gestreckten rechten Bein Kallan den ersten gewaltigen Schlag. Er schien mit dieser Kraft nicht gerechnet zu haben. Hart getroffen taumelte er nach hinten und konnte sich nur noch mit Mühe auf den Beinen halten. Die Fassungslosigkeit war ihm ins Gesicht geschrieben und es dauerte einige Sekunden, bevor er sich wieder gefangen hatte, doch da traf ihn schon der nächste Schlag. Es war ein unwirkliches Bild, das sich den Tausenden Menschen auf dem Vorplatz des Palasts hier bot. Das kleine, zarte Mädchen, das unaufhörlich durch die Luft wirbelte und jeden Augenblick einen Schlag austeilte, und der starke, übermächtige Herrscher der verbleibenden Welt, der keine Möglichkeit fand, sich zu verteidigen. Es war surreal. Keine Zeit blieb, um zu staunen, und selbst Kallans Krieger waren wie versteinert, angesichts der unerwarteten

Übermacht des jungen Mädchens. Binnen weniger Minuten war die Schlacht geschlagen, der Herrscher lag regungslos am Boden, nachdem Linas rechtes Bein ihn mitten ins Gesicht getroffen hatte und er hart mit dem Hinterkopf aufgeschlagen war.

Wie eine Statue stand das zarte, feingliedrige Mädchen auf der Bühne vor all den Menschen, Freunden wie Feinden. Es herrschte eine gespenstische Stille vor dem riesigen Palast. So wie es nur der Fall war, wenn etwas wahrhaft Episches geschah. Etwas, wovon die Anwesenden noch ihren Kindern und Enkeln erzählen würden, und etwas, das all die Menschen und Akteure überdauern würde. Dass dies so ein herausragender Augenblick war, darüber waren sich alle zweifelsfrei im Klaren. Die Spannung war beinahe sichtbar. Die Menschen trauten sich kaum, zu atmen, und manche von ihnen hatten sogar Bedenken, zu blinzeln, um nur ja keinen Moment dieses monumentalen Augenblicks zu verpassen. »Freunde!« Eine helle, klare Stimme bahnte sich ihren Weg über den Platz und über die Stille hinweg. Die Stimme vibrierte und hörte sich weich und warm an. Sie umschmeichelte ihre Zuhörer und ließ sie mit Gänsehaut zurück. Dennoch waren Bestimmtheit und Stärke in diesem einen Wort zu hören. Das leuchtende Mädchen auf der Bühne hatte ihren Kopf gehoben und ihr Licht umgab sie nun wie ein Heiligenschein. Alle Augen waren staunend auf sie gerichtet und sie warteten gebannt auf die Botschaft des Wunders.

Lina selbst war noch immer wie in Trance. Es fühlte sich an, als wäre sie Zuschauer in ihrem eigenen Körper, und viel mehr als das war sie wohl auch nicht. Sie hatte sich hingegeben und das Licht hatte die Regie übernommen. Das Licht hatte für sein Überleben, sein erneutes Emporsteigen und für die Rückeroberung seiner Herrschaft gekämpft. Das Feuer in ihr war nach außen gedrungen. Nun war es an der Zeit, es weiterzugeben. Und Lina wusste, dass sie dem Licht nun nach ihrem Körper auch ihre Stimme leihen musste. Es war nicht wichtig, dass sie keinen Weg sah, die Menschen vor ihr und vor allem die Menschen neben ihr, Kallans Anhänger und seine Krieger, mit Worten zu überzeugen. Denn das Licht würde es wissen. Das Licht würde das Richtige sagen. Alles, was sie tun musste, war, zu vertrauen. Und so gab sie sich erneut hin, stellte sich zur Seite und ließ das Wunder geschehen. Die Worte wurden in ihrem Inneren geformt und fanden den Weg zu Tausenden ohne ihr Zutun. »Heute wurdet ihr Zeugen der Wahrheit.« Gewichtig und voller Kraft schallte Linas Stimme über den Platz.

»Jahrhundertelang habt ihr mit Lügen gelebt. Sie haben euch gesagt, die Welt sei ein unwirtlicher, kalter und feindlicher Ort.« Alle Zuhörer hingen an den Lippen des Mädchens. Zu groß und zu bedeutend war ihr Sieg gewesen, als dass sich auch nur einer getraut hätte, unaufmerksam zu sein. »Doch das ist nicht wahr.« Linas Stimme wurde lauter. »Die Welt ist schön!« Nun war doch ein leises Raunen zu vernehmen. Von einer schönen Welt hatte nun wirklich noch niemand hier gehört, geschweige denn eine erfahren. Ungläubigkeit schien sich breitzumachen. »Die

Welt ist schön«, wiederholte Lina. »Ihr alle seid gut.« Die Stimmen wurden lauter und Unmut war zu spüren. Lina hob die Hand, schloss kurz die Augen und das Licht um sie wurde noch intensiver.

Die Stimmen verstummten und staunten erneut. »Ihr haltet das für unmöglich und dennoch habt ihr gerade gesehen, wie ich, ein unscheinbares, schwaches, junges Mädchen, euren Herrscher besiegt habe.« Jetzt war es wieder totenstill auf dem Platz. »Das ist geschehen«, fuhr Lina fort, »weil die Welt ein heller, freundlicher Ort ist. Weil ihr Wesen des Lichts seid. Und wenn das Licht im Außen nicht mehr zu finden ist, wird es in uns wachsen. Es wird heller leuchten als alles, was ihr je kanntet, und es wird seinen Weg finden.« Viele der Zuhörer waren plötzlich eigenartig berührt. Als wäre in ihrem Inneren etwas erwacht, das an die Oberfläche wollte. »Wir alle können in eine leuchtende Zukunft gehen. Wir werden ihre Mauern niederreißen und hinaus in die Welt gehen, die schon lange nicht mehr feindlich ist. Wir werden freudvolle, zufriedene Leben führen und nie wieder nur mehr existieren. Lasst es nur zu. Lasst das Licht in euch zu. Erinnert euch, woraus ihr gemacht seid. An euer wahres Wesen. An die Liebe und an die Freundlichkeit, an die Güte und an die Freude. Erinnert euch an euer Licht.« Tiefe Vibrationen waren in die letzten Worte von Lina eingebettet. All die Zuhörer konnten sie tief in ihrem Bauch und in ihren Herzen spüren. Sie bekamen eine Gänsehaut und viele von ihnen waren so überwältigt von diesem fantastischen, nie da gewesenen Gefühl, dass sie kurz die Augen schlossen, um es noch intensiver spüren zu können. Und als sie sie wieder öffneten, fühlten sie einen Unterschied.

Lina traute ihren Augen kaum. Als sie in die Menschenmenge blickte, sah sie hunderte von leuchtenden Augenpaaren. Die Transformation war geschehen. Das Licht in all ihnen war erwacht. Die Ersten, die sich aus ihrer Schockstarre lösten, waren die Erleuchteten hinter ihr. Die Wachen ließen sie ohne Widerstand nach vorne treten. Neben Lina tauchten nun all ihre übrig gebliebenen Mitstreiter auf. In einer Linie stellten sie sich auf, immer noch betäubt von den epischen Ereignissen der letzten Augenblicke. Sie fassten sich an den Händen. »Die Zukunft ist leuchtend!«, schrie Lina aus vollem Hals. Die Erleuchteten an ihrer Seite stimmten ein und beim nächsten Ausruf vereinten sich schon beinahe alle Anwesenden am Platz in Entschlossenheit. Der Weg würde nicht einfach sein. Die Pfade könnten dunkel und undurchsichtig sein.

Aber AM ENDE WARTET DAS LICHT!

Printed in Poland
by Amazon Fulfillment
Poland Sp. z o.o., Wrocław

38169587R00130